U0887614

诵读中华经典　感知国学魅力

唐宋词选

毛均　选注

浙江古籍出版社
Zhejiang Ancient Books Publishing House

前　言

词形成于唐，发展于五代，盛于两宋。唐代的词，篇幅短小，从形式上看，与诗歌较为接近。这是因为当时作词的人，大都为诗人，词是其偶然之作，是聊以娱乐的作品。不过，这些诗人本身的文学素养很高，所作之词的艺术价值虽然不及两宋的词作，但可读性依然很强。

晚唐五代之际，一些士大夫大力作词。温庭筠注重词的内容及格律，其词婉丽绮靡，内容多为男女之情。受他的影响，一批词人也创作了内容相似的作品，形成了花间词派。五代末期，南唐最后一位君主李煜对词的发展起到了重要的作用。南唐亡国后，他北上至开封，词作中不再是男女之爱和缠绵绮丽的情思，而是对故国的怀念、对个人前途的哀叹，扩大了词的内容和表达功能，也提升了词的价值。

两宋是词的全盛时期。北宋早期，小令流行于词坛，晏殊、欧阳修等人留下了许多名作。而柳永则大力创作慢词，词中的俗化倾向影响很大。苏轼作为北宋最重要的词人之一，成就最高。他用作诗的方法写词，提高了词的格调，扩大了词的境界，是豪放词派的大家。不过当时，以秦观等人为代表的婉约词派依然是主流。

南宋初期的词坛，有许多词人是北宋为金所灭后南渡而来的，这其中就有才女李清照。她将词视为独特的文体，在词中抒发对山河破碎以及个人命运的痛心。南宋朝廷的偏安一隅引发了许多文人的不满，他们希望能够收复中原，重归故土，南宋词中不乏有抒发此类情感的作品。豪放词派的另一位代表辛弃疾，在词中抒写自己壮志难酬的悲愤，将个人与国家的命运结合在一起。辛弃疾的词风豪壮，后来诸多学辛的词人，因为没有足够的才气，又难免流于粗疏。不过，辛词中的爱国热情，影响着南宋后来的词人。南宋末期的词作中，有许多对国家命运的担忧之作，更不乏亡国后的哀音。

本书是我社编选的“中华经典诵读”系列之一，大致按照时间顺序，选择了一百余首篇幅较短的词作精心编校。全文注音，辅以注释，版面疏密有致，典雅大方，便于青少年欣赏及诵读，发扬优秀传统文化。

书中或有疏误，恳请读者不吝批评指正。

目　录

6

pú sà mán
菩萨蛮

lǐ bái
李 白

píng lín mò mò yān rú zhī hán shān yí dài shāng
平林漠漠烟如织①，寒山一带伤

xīn bì míng sè rù gāo lóu yǒu rén lóu shàng chóu
心碧②。暝色入高楼③，有人楼上愁。

yù jiē kōng zhù lì sù niǎo guī fēi jí
玉阶空伫立④，宿鸟归飞急⑤。

hé chù shì guī chéng cháng tíng jiē duǎn tíng
何处是归程，长亭接短亭⑥。

【注释】 李白（701—762），字太白，号青莲居士，盛唐浪漫主义诗人，被誉为“诗仙”。 这首词表达的是游子思归之情。也有人认为这首词写一位女子登高怀人。 ①平林：平原上的林木。 漠漠：形容面积广大，树木繁盛。 ②伤心：极甚之词，表示程度很深，可理解为“非常”、“万分”。 ③暝色：夜色。 ④玉阶：玉石砌成或装饰的台阶，亦为台阶的美称。 伫立：长时间地站立。 ⑤宿鸟：归巢栖息的鸟。 ⑥长亭、短亭：古时于道路每隔十里设长亭，隔五里设短亭，供行旅停息。近城的亭常为送别之处。

yì qín é

忆秦娥

lǐ bái

李 白

xiāo shēng yè qín é mèng duàn qín lóu yuè

箫声咽[①]，秦娥梦断秦楼月[②]。

qín lóu yuè nián nián liǔ sè bà líng shāng bié

秦楼月，年年柳色，灞陵伤别[③]。

lè yóu yuán shàng qīng qiū jié xián yáng gǔ dào

乐游原上清秋节[④]，咸阳古道

yīn chén jué yīn chén jué xī fēng cán zhào hàn

音尘绝[⑤]。音尘绝，西风残照[⑥]，汉

jiā líng què

家陵阙[⑦]。

【注释】 这首词写一位女子思念已无音信的爱人，同时也表达了怀古伤今之情，具有历史的沧桑与厚重感。 ①**咽**：声音因阻塞而低沉，这里形容箫声低沉而悲凉。 ②**秦娥**：本指古代秦国的女子弄玉，这里泛指美貌女子。 **梦断**：从梦中醒来。 ③**灞陵**：地名，在长安城东，因有汉文帝陵而得名。附近有桥，名灞桥，汉代人送客至此桥，折柳送别。 ④**乐游原**：在长安东南郊，是汉宣帝乐游苑的故址。 **清秋节**：重阳节，在农历九月九日。 ⑤**咸阳**：秦朝都城。 **音尘**：声音和尘埃，引申为音信、消息。 ⑥**残照**：指夕阳的光辉。 ⑦**汉家**：汉朝。 **陵阙**：皇帝的坟墓和宫殿。

yì jiāng nán

忆江南

liú yǔ xī

刘禹锡

chūn guò yě gòng xī yàn yáng nián yóu yǒu

春过也，共惜艳阳年[①]。犹有

táo huā liú shuǐ shàng wú cí zhú yè zuì zūn qián

桃花流水上，无辞竹叶醉樽前[②]，

wéi dài jiàn qīng tiān

惟待见青天[③]。

【注释】 刘禹锡（772—842），字梦得，中唐诗人。 这首词表达的是作者的惜春之情。 ①艳阳：艳阳天，阳光灿烂的春天。 ②无辞：默默地。 竹叶：竹叶酒。 樽前：在酒杯之前。 ③惟待：只等。 青天：即晴天。

xiāo xiāngshén qí yī

潇湘神（其一）

liú yǔ xī

刘禹锡

xiāng shuǐ liú xiāng shuǐ liú jiǔ yí yún wù

湘水流[①]，湘水流，九疑云物

zhì jīn qiū jūn wèn èr fēi hé chù suǒ líng líng

至今秋[②]。君问二妃何处所，零陵

fāng cǎo lù zhōng chóu

芳草露中愁[③]。

【注释】 这两首词写舜与娥皇、女英二妃的故事。 ①湘水：湘江。 ②九疑：即九疑山，又名苍梧山，在湖南宁远县南，相传舜葬于此。 ③零陵：古地名，在今湖南省宁远县东南。

潇湘神（其二）

xiāo xiāngshén qí èr

liú yǔ xī

刘禹锡

bān zhú zhī bān zhú zhī lèi hén diǎn diǎn

斑竹枝[①]，斑竹枝，泪痕点点

jì xiāng sī chǔ kè yù tīng yáo sè yuàn xiāo xiāng

寄相思。楚客欲听瑶瑟怨[②]，潇湘

shēn yè yuè míng shí

深夜月明时。

【注释】①斑竹：即湘妃竹。相传舜死后，娥皇、女英二妃泪染于竹，斑斑如泪痕，因此得名。②楚客：到楚地来的客人。这里指词人自己。瑶瑟：用玉装饰的琴瑟。

yì jiāng nán qí yī
忆江南（其一）

bái jū yì
白居易

jiāng nán hǎo fēng jǐng jiù céng ān rì chū
江南好，风景旧曾谙[①]。日出
jiāng huā hóng shèng huǒ chūn lái jiāng shuǐ lǜ rú lán
江花红胜火，春来江水绿如蓝[②]，
néng bú yì jiāng nán
能不忆江南？

【注释】 白居易（772—846），字乐天，号香山居士，中唐现实主义诗人。这两首词写江南的美景，表达作者的喜爱之情。 ①谙：熟悉。 ②蓝：蓝草，叶子可以制作青绿色的染料。

忆江南（其二）

yì jiāng nán qí èr

bái jū yì

白居易

jiāng nán yì zuì yì shì háng zhōu shān sì yuè
江南忆，最忆是杭州。山寺月

zhōng xún guì zǐ jùn tíng zhěn shàng kàn cháo tóu hé
中寻桂子[①]，郡亭枕上看潮头[②]，何

rì gèng chóng yóu
日更重游。

【注释】①桂子：桂花。 ②潮头：这里指钱塘江潮水。

chángxiāng sī

长相思

bái jū yì

白居易

biàn shuǐ liú sì shuǐ liú liú dào guā zhōu

汴水流①，泗水流②，流到瓜洲

gǔ dù tóu wú shān diǎn diǎn chóu

古渡头③。吴山点点愁④。

sī yōu yōu hèn yōu yōu hèn dào guī shí

思悠悠⑤，恨悠悠，恨到归时

fāng shǐ xiū yuè míng rén yǐ lóu

方始休⑥。月明人倚楼。

【注释】这首词写一位女子思念远方的丈夫，表达了离别之苦。 ①汴水：源于河南，东南流入安徽，与泗水合流，入淮河。 ②泗水：源于山东曲阜，经徐州后，与汴水合流入淮河。 ③瓜洲：在江苏省扬州市南长江北岸。 渡头：渡口。 ④吴山：在浙江杭州市西湖东南。这里泛指江南群山。 ⑤悠悠：形容长久。 ⑥方：才。 休：停止。

梦江南（其一）

mèng jiāng nán　qí yī

温庭筠

wēn tíng yún

qiān wàn hèn　hèn jí zài tiān yá　shān yuè

千万恨[1]，恨极在天涯[2]。山月

bù zhī xīn lǐ shì　shuǐ fēng kōng luò yǎn qián huā　yáo

不知心里事，水风空落眼前花。摇

yè bì yún xié

曳碧云斜[3]。

【注释】 温庭筠（812—866），原名岐，字飞卿，晚唐诗人、词人。 这两首词写一位女子期盼丈夫归来，但是希望落空，十分惆怅。 ①恨：这里指离别的愁苦。②天涯：天边。指思念的人在遥远的地方。 ③摇曳：摇动。这里指云缓缓移动。碧云：青云。

mèng jiāng nán qí èr
梦江南（其二）

wēn tíng yún
温庭筠

shū xǐ bà dú yǐ wàng jiāng lóu guò jìn qiān
梳洗罢，独倚望江楼。过尽千

fān jiē bú shì xié huī mò mò shuǐ yōu yōu cháng
帆皆不是[①]，斜晖脉脉水悠悠[②]，肠

duàn bái pín zhōu
断白蘋洲[③]。

【注释】①千帆：众多船只。 皆：都。 ②斜晖：傍晚的日光。 脉脉：含情凝视，情意绵绵的样子。 悠悠：指江水缓缓流动。 ③肠断：形容非常悲伤。 白蘋：水中的浮草。 洲：水中的陆地。

菩萨蛮

pú sà mán

韦　庄

wéi zhuāng

人人尽说江南好，游人只合江南老[1]。春水碧于天，画船听雨眠[2]。
垆边人似月[3]，皓腕凝双雪[4]。
未老莫还乡，还乡须断肠。

rén rén jìn shuō jiāng nán hǎo　yóu rén zhǐ hé jiāng nán lǎo　chūn shuǐ bì yú tiān　huà chuán tīng yǔ mián
lú biān rén sì yuè　hào wàn níng shuāng xuě
wèi lǎo mò huán xiāng　huán xiāng xū duàn cháng

【注释】 韦庄（约836—910），字端己，晚唐诗人、词人。 这首词写江南风物，表达作者对江南的喜爱之情。 ①合：应该。 ②画船：装饰华美的游船。 ③垆：旧时酒店里安放酒瓮的土台子，亦指酒店。 ④皓腕：洁白的手腕。

yè jīn mén

谒金门

wéi zhuāng

韦 庄

chūn yǔ zú rǎn jiù yì xī xīn lǜ liǔ wài

春雨足，染就一溪新绿。柳外

fēi lái shuāng yǔ yù nòng qíng xiāng duì yù

飞来双羽玉①，弄晴相对浴②。

lóu wài cuì lián gāo zhóu yǐ biàn lán gān jǐ

楼外翠帘高轴③，倚遍栏干几

qū yún dàn shuǐ píng yān shù cù cùn xīn qiān lǐ mù

曲④。云淡水平烟树簇⑤。寸心千里目⑥。

【注释】 这首词写春雨过后的清新景象。 ①双羽玉：指两只鸟。 ②弄晴：指禽鸟在初晴时鸣叫、戏耍。 ③高轴：高高卷起。 ④栏干：即栏杆。 ⑤烟树：云烟缭绕的树木、丛林。 簇：聚集。这里指树木茂盛。 ⑥寸心：内心。

nán gē zǐ
南歌子

ōu yáng jiǒng
欧阳炯

jǐn zhàng yín dēng yǐng shā chuāng yù lòu shēng
锦帐银灯影[①]，纱窗玉漏声[②]，

tiáo tiáo yǒng yè mèng nán chéng chóu duì xiǎo tíng qiū sè
迢迢永夜梦难成[③]。愁对小庭秋色，

yuè kōng míng
月空明。

【注释】欧阳炯（896—971），五代十国时后蜀词人。 这是一首闺怨词，写一位女子在漫漫长夜无法安睡，有一丝淡淡的哀愁。 ①锦帐：锦制的帷帐。亦泛指华美的帷帐。 ②玉漏：古代的计时漏壶。 ③迢迢：表示时间长久。永夜：长夜。

jiāng chéng zǐ

江城子

ōu yáng jiǒng

欧阳炯

wǎn rì jīn líng àn cǎo píng luò xiá míng

晚日金陵岸草平①，落霞明②，

shuǐ wú qíng liù dài fán huá àn zhú shì bō shēng

水无情。六代繁华③，暗逐逝波声。

kōng yǒu gū sū tái shàng yuè rú xī zǐ jìng zhào

空有姑苏台上月④，如西子镜⑤，照

jiāng chéng

江城⑥。

【注释】 这是一首怀古词，表达作者对世事变迁的感慨。 ①金陵：今江苏省南京市。 ②落霞：晚霞。 ③六代：指三国的吴，东晋，以及南朝的宋、齐、梁、陈六个朝代。 ④姑苏台：又名姑胥台，春秋时吴国所建，供吴王夫差享乐。 ⑤西子：即西施，春秋时越王勾践献给吴王夫差的美女。 ⑥江城：指金陵。

chūn guāng hǎo

春光好

ōu yáng jiǒng

欧阳炯

tiān chū nuǎn rì chū cháng hǎo chūn guāng wàn

天初暖，日初长，好春光。万

huì cǐ shí jiē dé yì jìng fēn fāng

汇此时皆得意[1]，竞芬芳。

sǔn bèng tái qián nèn lǜ huā wēi xuě wù nóng

笋迸苔钱嫩绿[2]，花偎雪坞浓

xiāng shuí bǎ jīn sī cái jiǎn què guà xié yáng

香。谁把金丝裁剪却[3]，挂斜阳。

【注释】 这首词写春天的风和日丽，万物欣欣向荣，表达作者对春天的喜爱之情。

①**万汇**：万物。 **得意**：指欣欣向荣地生长。 ②**苔钱**：苔点形圆如钱，故称。

③**金丝**：这里指柳枝。

蝴蝶儿

张泌

蝴蝶儿，晚春时。阿娇初着淡黄衣[①]，倚窗学画伊[②]。

还似花间见，双双对对飞。无端和泪拭燕脂[③]，惹教双翅垂[④]。

【注释】张泌，五代后蜀词人。　这首词写的是一位少女在学画时的情思，她看到纸上的蝴蝶成双成对，想起自己形单影只，心中不免难过。　①阿娇：原指陈皇后，汉武帝刘彻的姑母长公主之女。后用来代指少女。　②伊：代指蝴蝶。　③无端：无缘无故，没有来由。形容突然。　燕脂：即胭脂，一种化妆用的红色颜料。　④惹教：使得。

qīng píng yuè
清平乐

féng yán sì
冯延巳

yǔ qíng yān wǎn lǜ shuǐ xīn chí mǎn shuāng yàn
雨晴烟晚，绿水新池满。双燕
fēi lái chuí liǔ yuàn xiǎo gé huà lián gāo juǎn
飞来垂柳院，小阁画帘高卷[①]。
huáng hūn dú yǐ zhū lán xī nán xīn yuè méi
黄昏独倚朱阑[②]，西南新月眉
wān qì xià luò huā fēng qǐ luó yī tè dì chūn hán
弯。砌下落花风起[③]，罗衣特地春寒[④]。

【注释】冯延巳（903—960），字正中，五代十国时南唐著名词人。这是一首闺情词，通过写春日黄昏时的景色表达闺中女子的哀愁。①画帘：有画饰的帘子。②朱阑：朱红色的栏杆。③砌：台阶。④特地：特别。

cǎi sāng zǐ

采桑子

féng yán sì

冯延巳

shēng gē fàng sàn rén guī qù dú sù jiāng lóu

笙歌放散人归去①，独宿江楼。

yuè shàng yún shōu yí bàn zhū lián guà yù gōu

月上云收，一半珠帘挂玉钩②。

qǐ lái diǎn jiǎn jīng yóu dì chù chù xīn chóu

起来点检经游地③，处处新愁。

píng zhàng dōng liú jiāng qǔ lí xīn guò jú zhōu

凭仗东流，将取离心过橘洲④。

【注释】 这首词写宴会结束后的静谧之景，表达作者希望能够早日离去的情感。

①笙歌：泛指奏乐合唱，这里指宴会。 ②珠帘：珍珠缀成的帘子。 ③点检：这里指察看。 ④橘洲：即橘子洲，湘江下游的沙洲。

chángxiāng sī

长相思

féng yán sì

冯延巳

hóng mǎn zhī lǜ mǎn zhī sù yǔ yàn yàn

红满枝[①]，绿满枝，宿雨厌厌

shuì qǐ chí xián tíng huā yǐng yí

睡起迟[②]，闲庭花影移[③]。

yì guī qī shǔ guī qī mèng jiàn suī duō xiāng

忆归期，数归期，梦见虽多相

jiàn xī xiāng féng zhī jǐ shí

见稀，相逢知几时。

【注释】 这是一首闺怨词，写闺中女子对远方情人的思念之情。 ①红：代指花朵。下文“绿”代指叶子。 ②厌厌：绵长。 ③闲庭：寂静的庭院。 花影移：花的影子移动。指时间推移。

谒金门

yè jīn mén

féng yán sì
冯延巳

fēng zhà qǐ　chuī zhòu yì chí chūn shuǐ　xián
风乍起[①]，吹皱一池春水[②]。闲

yǐn yuān yāng xiāng jìng lǐ　shǒu ruó hóng xìng ruǐ
引鸳鸯香径里[③]，手挼红杏蕊[④]。

dòu yā lán gān dú yǐ　bì yù sāo tóu xié zhuì
斗鸭阑干独倚[⑤]，碧玉搔头斜坠[⑥]。

zhōng rì wàng jūn jūn bú zhì　jǔ tóu wén què xǐ
终日望君君不至，举头闻鹊喜。

【注释】 这首词写一位孤独寂寞的闺中女子，长日无聊，消磨时光。①乍：忽然。②吹皱：指水面泛起涟漪。③引：领，招来。这里指逗弄。④挼：揉搓。⑤斗鸭：使鸭相斗的博戏。⑥搔头：簪子。

归国谣

冯延巳

江水碧。江上何人吹玉笛。扁舟远送潇湘客[1]。

芦花千里霜月白[2]。伤行色。来朝便是关山隔[3]。

【注释】这是一首赠别词，充满离愁别绪，表达即将分离时的不舍。①扁舟：小船。潇湘：湘江与潇水的并称。借指今湖南地区。②芦花：芦絮，芦苇花轴上密生的白毛。③关山：关口和山岳。

wū yè tí
乌夜啼

lǐ yù
李 煜

wú yán dú shàng xī lóu yuè rú gōu jì mò
无言独上西楼，月如钩。寂寞
wú tóng shēn yuàn suǒ qīng qiū
梧桐深院锁清秋[①]。
jiǎn bú duàn lǐ hái luàn shì lí chóu bié
剪不断，理还乱，是离愁。别
shì yì bān zī wèi zài xīn tóu
是一般滋味在心头[②]。

【注释】 李煜（937—978），初名从嘉，字重光，五代十国时南唐末代国君。这首词写秋日冷清寂静的景象，表达了词人内心的孤苦与哀愁。 ①锁清秋：被秋色笼罩，指萧瑟的秋景。 ②一般：一种。

cháng xiāng sī

长相思

lǐ yù

李 煜

yì chóng shān liǎng chóng shān shān yuǎn tiān gāo

一重山[①]，两重山。山远天高

yān shuǐ hán xiāng sī fēng yè dān

烟水寒[②]，相思枫叶丹[③]。

jú huā kāi jú huā cán sài yàn gāo fēi

菊花开，菊花残[④]。塞雁高飞

rén wèi huán yì lián fēng yuè xián

人未还[⑤]，一帘风月闲[⑥]。

【注释】 这是一首闺怨词，写秋日的寂寥之景，表达对远方之人的思念之情。

①重：层。 ②烟水：雾霭迷蒙的水面。 ③丹：红色。 ④残：这里指凋谢。

⑤塞雁：塞外的鸿雁，秋季飞到南方过冬。 ⑥风月：风和月，泛指景色。

望江南（其一）

wàng jiāng nán　qí yī

李　煜

lǐ yù

duō shǎo hèn　zuó yè mèng hún zhōng　hái sì

多少恨，昨夜梦魂中[①]。还似

jiù shí yóu shàng yuàn　chē rú liú shuǐ mǎ rú lóng

旧时游上苑[②]，车如流水马如龙[③]，

huā yuè zhèng chūn fēng

花月正春风[④]。

【注释】 这两首词写于词人亡国北上之后，表达了亡国之痛。 ①**梦魂**：古人认为人有灵魂，能在睡梦中离开肉体，故称“梦魂”。 ②**上苑**：皇家的园林。③**车如流水马如龙**：车像流水，马像游龙。形容车马往来不绝，繁华热闹的景象。④**花月**：花和月。泛指美好的景色。

wàng jiāng nán　qí èr

望江南（其二）

lǐ yù

李煜

duō shǎo lèi, duàn liǎn fù héng yí. xīn shì

多少泪，断脸复横颐[①]。心事

mò jiāng hé lèi shuō, fèng shēng xiū xiàng lèi shí chuī,

莫将和泪说[②]，凤笙休向泪时吹[③]，

cháng duàn gèng wú yí

肠断更无疑。

【注释】①颐：下巴。②和：连带，带着。③凤笙：即笙。吹：吹奏。

wàng jiāng méi qí yī
望江梅（其一）

lǐ yù
李　煜

xián mèng yuǎn　nán guó zhèng fāng chūn　chuán shàng
闲梦远[①]，南国正芳春。船上
guǎn xián jiāng miàn lǜ　mǎn chéng fēi xù gǔn qīng chén
管弦江面绿[②]，满城飞絮滚轻尘，
máng shā kàn huā rén
忙杀看花人[③]。

【注释】这两首词也作于词人亡国北上之后，表达了对江南故国的哀思。①梦远：梦长。这里也可以指梦见远方的江南。②管弦：管乐器和弦乐器，泛指音乐。③杀：表示程度深。

wàng jiāng méi qí èr

望江梅（其二）

lǐ yù

李 煜

xián mèng yuǎn, nán guó zhèng qīng qiū。qiān lǐ jiāng

闲梦远，南国正清秋。千里江

shān hán sè yuǎn, lú huā shēn chù bó gū zhōu, dí

山寒色远[①]，芦花深处泊孤舟[②]，笛

zài yuè míng lóu

在月明楼[③]。

【注释】①寒色：指秋色。 ②泊：停泊，停放。 ③月明：月光笼罩。

dǎo liàn zǐ lìng
捣练子令

lǐ yù
李 煜

shēn yuàn jìng xiǎo tíng kōng duàn xù hán zhēn duàn
深院静，小庭空，断续寒砧断

xù fēng wú nài yè cháng rén bú mèi shù shēng hé
续风[1]。无奈夜长人不寐[2]，数声和

yuè dào lián lóng
月到帘栊[3]。

【注释】 这是一首闺怨词，通过描写寂静深夜中的捣衣之声抒发了怀人之思。也有人认为这是词人亡国后的作品，表达了去国怀乡的哀愁。 ①寒砧：指寒秋的捣衣声。砧，捣衣石。 ②不寐：不能入睡。 ③帘栊：亦作“帘笼”，窗帘和窗牖。也泛指门窗的帘子。

qīng píng yuè

清平乐

lǐ yù

李 煜

bié lái chūn bàn chù mù róu cháng duàn qì

别来春半[①]，触目柔肠断[②]。砌

xià luò méi rú xuě luàn fú le yì shēn hái mǎn

下落梅如雪乱，拂了一身还满。

yàn lái yīn xìn wú píng lù yáo guī mèng nán chéng

雁来音信无凭[③]，路遥归梦难成[④]。

lí hèn qià rú chūn cǎo gèng xíng gèng yuǎn hái shēng

离恨恰如春草[⑤]，更行更远还生[⑥]。

【注释】 这是一首怀远词。词人的弟弟李从善被扣留在汴京，这首词表达了对弟弟的思念之情。 ①**春半**：春天的一半。 ②**柔肠**：柔曲的心肠。喻指缠绵的情意。 ③**无凭**：无所倚仗，这里指鸿雁没有将音信带回。 ④**遥**：远。 **归梦**：归乡之梦。**成**：实现。 ⑤**恰如**：正如，正似。 ⑥**更**：越，表示程度逐渐加深。 **生**：生长。

yú měi rén

虞美人

lǐ yù

李 煜

chūn huā qiū yuè hé shí liǎo wǎng shì zhī duō

春花秋月何时了[1]，往事知多

shǎo xiǎo lóu zuó yè yòu dōng fēng gù guó bù kān huí

少。小楼昨夜又东风，故国不堪回

shǒu yuè míng zhōng

首月明中[2]。

diāo lán yù qì yīng yóu zài zhǐ shì zhū yán

雕阑玉砌应犹在[3]，只是朱颜

gǎi wèn jūn néng yǒu jǐ duō chóu qià sì yì jiāng

改[4]。问君能有几多愁，恰似一江

chūn shuǐ xiàng dōng liú

春水向东流。

【注释】 这首词写的是亡国之痛，表达了对故国的怀念。 ①**了**：结束。 ②**故国**：指南唐故都金陵（今南京），代指南唐政权。 **不堪**：不能，经受不起。这里是说词人回忆起故国十分痛心。 ③**雕阑玉砌**：雕花的栏杆，玉石砌成的台阶。这里泛指南唐宫殿。 ④**朱颜**：女子秀美的容颜。

diǎn jiàngchún

点绛唇

wáng yǔ chēng

王禹偁

yǔ hèn yún chóu jiāng nán yī jiù chēng jiā lì

雨恨云愁[1]，江南依旧称佳丽[2]。

shuǐ cūn yú shì yì lǚ gū yān xì

水村渔市。一缕孤烟细[3]。

tiān jì zhēng hóng yáo rèn xíng rú zhuì píng

天际征鸿[4]，遥认行如缀[5]。平

shēng shì cǐ shí níng dì shuí huì píng lán yì

生事。此时凝睇[6]。谁会凭阑意[7]。

【注释】 王禹偁（954—1001），字元之，北宋诗人、散文家。这首词写江南之景，表达了平生抱负无法实现、知音难觅的苦闷。①**雨恨云愁**：指烟雨迷蒙令人感到忧愁。②**佳丽**：景色秀美。③**孤烟**：单独一股炊烟。④**征鸿**：大雁。⑤**行如缀**：指大雁排成一行，连缀在一起。⑥**凝睇**：注视。⑦**会**：领会，理解。**凭阑**：倚靠栏杆。

jiāng nán chūn

江南春

kòu zhǔn

寇 准

bō miǎo miǎo liǔ yī yī gū cūn fāng cǎo

波渺渺[1]，柳依依[2]。孤村芳草

yuǎn xié rì xìng huā fēi jiāng nán chūn jìn lí cháng

远，斜日杏花飞[3]。江南春尽离肠

duàn pín mǎn tīng zhōu rén wèi guī

断，蘋满汀洲人未归[4]。

【注释】 寇准（961—1023），字平仲，北宋政治家、诗人。 这首词写暮春之景，表达了对远方之人的思念。 ①渺渺：悠远的样子。形容江上烟水迷蒙。 ②依依：形容树枝轻柔，随风摇动。 ③斜日：西斜的太阳。指傍晚。 ④汀洲：水中小洲。

xiāng sī lìng
相思令

lín bū
林 逋

wú shān qīng yuè shān qīng liǎng àn qīng shān
吴山青①，越山青②，两岸青山
xiāng duì yíng zhēng rěn yǒu lí qíng
相对迎③，争忍有离情。
jūn lèi yíng qiè lèi yíng luó dài tóng xīn
君泪盈，妾泪盈④，罗带同心
jié wèi chéng jiāng biān cháo yǐ píng
结未成⑤，江边潮已平⑥。

【注释】林逋（968—1028），字君复，谥号和靖，北宋著名隐逸诗人。这首词写一位女子在江边与心爱之人诀别，表达了女子与情郎被迫分离的痛苦。①**吴山**：春秋时吴国的山，泛指钱塘江北面的群山。②**越山**：春秋时越国的山，泛指钱塘江南面的群山。③**对迎**：这里指南北岸的群山相对。④**妾**：女子自称。⑤**罗带**：丝织的衣带。**同心结**：用锦带打成的连环回文样式的结子，作为男女相爱的象征。⑥**潮已平**：涨潮已经结束，江面恢复平静。比喻女子明白不能与情郎在一起而感到心灰意冷。

shào nián yóu
少年游

liǔ yǒng
柳 永

cēn cī yān shù bà líng qiáo fēng wù jìn qián cháo
参差烟树灞陵桥[①]，风物尽前朝[②]。

shuāi yáng gǔ liǔ jǐ jīng pān zhé qiáo cuì chǔ gōng yāo
衰杨古柳，几经攀折，憔悴楚宫腰[③]。

xī yáng xián dàn qiū guāng lǎo lí sī mǎn héng gāo
夕阳闲淡秋光老，离思满蘅皋[④]。

yì qǔ yáng guān duàn cháng shēng jìn dú zì píng lán ráo
一曲阳关[⑤]，断肠声尽，独自凭兰桡[⑥]。

【注释】 柳永（约984—约1053），原名三变，字景庄，后改名柳永，字耆卿，因排行第七，又称柳七，北宋著名词人，婉约派代表人物。 这首词写与友人相别，充满离愁别绪。 ①参差：不整齐。 ②风物：一个地方特有的景物。 ③楚宫腰：本指楚宫女的细腰，后泛称女子苗条的细腰。这里指柳条细长。 ④离思：离别的思绪。 蘅皋：长有香草的沼泽。 ⑤阳关：古曲《阳关三叠》的省称，亦泛指离别时唱的歌曲。 ⑥兰桡：小船。

天仙子

张先

水调数声持酒听[①]。午醉醒来愁未醒。送春春去几时回，临晚镜。伤流景[②]。往事后期空记省[③]。

沙上并禽池上瞑[④]。云破月来花弄影[⑤]。重重帘幕密遮灯，风不定。人初静。明日落红应满径。

【注释】张先（990—1078），字子野，北宋词人，婉约派代表人物。这首词写因暮春之景而生发出的惆怅，词人慨叹自己年老位卑、前途渺茫。①水调：曲调名。听：旧读tìng。②流景：指匆匆而过的时光。③记省：回忆。④并禽：成对的鸟。瞑：闭上眼睛，休息。旧读mìng。⑤弄：摆弄。

nán gē zǐ

南歌子

zhāng xiān

张 先

chán bào gāo gāo liǔ lián kāi jiān jiān bō yǐ

蝉抱高高柳，莲开浅浅波。倚

fēng shū yè xià tíng kē kuàng shì bù hán bù nuǎn

风疏叶下庭柯[①]。况是不寒不暖、

zhèng qīng hé

正清和[②]。

fú shì huān huì shǎo láo shēng yuàn bié duō

浮世欢会少[③]，劳生怨别多[④]。

xiāng féng xiū xī zuì yán tuó lài yǒu xī yuán míng yuè

相逢休惜醉颜酡[⑤]。赖有西园明月、

zhào shēng gē

照笙歌[⑥]。

【注释】这首词写春夏之交的景色，勉励我们人生苦短，应当把握当下，及时行乐。 ①倚风：随风摇动。 庭柯：庭园中的树木。 ②清和：天气清明和暖。 ③浮世：人间，人世。 ④劳生：辛苦劳累的生活。 ⑤酡：饮酒后脸色变红，将醉。 ⑥赖：幸亏。

huàn xī shā

浣溪沙

zhāng xiān

张 先

lóu yǐ chūn jiāng bǎi chǐ gāo yān zhōng hái wèi

楼倚春江百尺高[①]，烟中还未

jiàn guī ráo jǐ shí qī xìn sì jiāng cháo

见归桡[②]。几时期信似江潮[③]？

huā piàn piàn fēi fēng nòng dié liǔ yīn yīn xià shuǐ

花片片飞风弄蝶，柳阴阴下水

píng qiáo rì cháng cái guò yòu jīn xiāo

平桥。日长才过又今宵[④]。

【注释】 这是一首闺怨词，写一位闺中女子在家等候丈夫，度日如年，表现了离别之苦。 ①倚：倚靠。这里表示楼在江边。 春江：春天的江。 ②归桡：归舟。 ③期信：约定的时间。 ④今宵：今夜。

jiāng nán liǔ

江南柳

zhāng xiān

张 先

suí dī yuǎn bō jí lù chén qīng jīn gǔ

隋堤远[1]，波急路尘轻。今古

liǔ qiáo duō sòng bié jiàn rén fēn mèi yì chóu shēng

柳桥多送别，见人分袂亦愁生[2]。

hé kuàng zì guān qíng

何况自关情。

xié zhào hòu xīn yuè shàng xī chéng chéngshàng lóu

斜照后，新月上西城。城上楼

gāo chóng yǐ wàng yuàn shēn néng sì yuè tíng tíng qiān

高重倚望，愿身能似月亭亭[3]。千

lǐ bàn jūn xíng

里伴君行。

【注释】 这首词写送别时的离愁别绪。 ①隋堤：隋炀帝时沿通济渠、邗沟河岸修筑的御道，道旁植杨柳，后人谓之隋堤。 ②分袂：离别，分手。 ③亭亭：高洁美好的样子。

画堂春

张先

外湖莲子长参差。霁山青处鸥飞[1]。水天溶漾画桡迟[2]。人影鉴中移[3]。

桃叶浅声双唱[4]，杏红深色轻衣。小荷障面避斜晖[5]。分得翠阴归[6]。

【注释】这首词写江南夏日之景，清新灵动。①霁：雨过天晴。②溶漾：水波荡漾。画桡：船桨，这里代指画船。③鉴：镜子。这里是说水面平静，清澈透明，像一面镜子。④桃叶：东晋王献之的妾，善歌。这里泛指歌女。⑤障：遮蔽。⑥翠阴：这里指荷叶遮蔽下形成的阴影。

jiǔ quán zǐ
酒泉子

zhāng xiān
张 先

chūn sè róng róng fēi yàn wèi lái yīng wèi yǔ
春色融融[①]。飞燕未来莺未语。

lù táo hán fēng liǔ xiǎo yù lóu kōng
露桃寒，风柳晓，玉楼空。

tiān cháng yān yuǎn hèn chóngchóng xiāo xī yàn hóng guī
天长烟远恨重重。消息燕鸿归

qù zhěn qián dēng chuāng wài yǔ bì lián lóng
去[②]。枕前灯，窗外雨，闭帘栊。

【注释】 这是一首闺怨词，表现了闺中女子的孤苦与寂寞。 ①融融：温暖。②消息：生息与衰减，泛指盛衰、生灭。这里指时光流逝。

huàn xī shā qí yī

浣溪沙（其一）

yàn shū

晏 殊

yì qū xīn cí jiǔ yì bēi qù nián tiān qì jiù

一曲新词酒一杯，去年天气旧

tíng tái xī yáng xī xià jǐ shí huí

亭台[1]。夕阳西下几时回[2]。

wú kě nài hé huā luò qù sì céng xiāng shí

无可奈何花落去[3]，似曾相识

yàn guī lái xiǎo yuán xiāng jìng dú pái huái

燕归来[4]。小园香径独徘徊[5]。

【注释】 晏殊（991—1055），字同叔，北宋政治家、文学家。这是一首伤春词，表达了对美好时光逝去的感伤。①**去年天气**：和去年相同的天气。**旧**：旧时，过去。②**夕阳**：傍晚的太阳。**西下**：从西方落下。**几时**：何时，什么时候。③**无可奈何**：没有办法。④**似曾相识**：好象曾经见过。形容见过的事物再度出现。⑤**香径**：花间小路，或指落花满地的小径。**独**：独自，一个人。**徘徊**：来回地走。

浣溪沙（其二）

huàn xī shā qí èr

晏殊

yàn shū

一向年光有限身[①]，等闲离别易销魂[②]。酒筵歌席莫辞频[③]。

满目山河空念远[④]，落花风雨更伤春[⑤]。不如怜取眼前人。

【注释】这首词表达了对人生苦短的感慨，勉励我们珍惜当下的时光。 ①年光：时光。 有限身：有限的生命。 ②等闲：寻常，平常。 销魂：形容因极度忧愁、欢乐、惊恐等而失神。 ③酒筵歌席：指宴会。 辞：推辞。 频：频繁。 ④空：徒然，白白地。 远：远方的人。 ⑤伤春：因春天即将过去而忧伤、苦闷。

cǎi sāng zǐ qí yī
采桑子（其一）

yàn shū
晏殊

shí guāng zhī jiě cuī rén lǎo bú xìn duō qíng
时光只解催人老[①]，不信多情。

cháng hèn lí tíng lèi dī chūn shān jiǔ yì xǐng
长恨离亭[②]，泪滴春衫酒易醒[③]。

wú tóng zuó yè xī fēng jí dàn yuè lóng míng
梧桐昨夜西风急，淡月胧明[④]。

hǎo mèng pín jīng hé chù gāo lóu yàn yì shēng
好梦频惊[⑤]，何处高楼雁一声。

【注释】 这首词表达了离别的愁苦和年华易老的感伤。 ①**解**：懂得，明白。②**离亭**：古代建于离城稍远的道旁供人歇息的亭子。古人往往于此送别。 ③**衫**：上衣。代指衣服。 ④**淡月**:不太明亮的月亮或月光。 **胧明**:微明。 ⑤**频**:屡次，形容次数多。

cǎi sāng zǐ qí èr
采桑子（其二）

yàn shū
晏 殊

lín jiān zhāi biàn shuāngshuāng yè jì yǔ xiāng sī
林间摘遍双双叶[①]，寄与相思[②]。

zhū jǐn kāi shí shàng yǒu shān liú yì liǎng zhī
朱槿开时。尚有山榴一两枝[③]。

hé huā yù zhàn jīn lián zǐ bàn luò hóng yī
荷花欲绽金莲子，半落红衣。

wǎn yǔ wēi wēi dài dé kōng liáng sù yàn guī
晚雨微微。待得空梁宿燕归[④]。

【注释】 这首词表达了对远方之人的相思之情。 ①双双：一对对。 ②寄与：赠送。 ③山榴：即杜鹃花。 ④宿燕：归巢的燕子。

jiǔ quán zǐ

酒泉子

yàn shū

晏殊

sān yuè nuǎn fēng kāi què hǎo huā wú xiàn liǎo

三月暖风，开却好花无限了，

dāng nián cóng xià luò fēn fēn zuì chóu rén

当年丛下落纷纷。最愁人。

cháng ān duō shǎo lì míng shēn ruò yǒu yì bēi xiāng

长安多少利名身[①]。若有一杯香

guì jiǔ mò cí huā xià zuì fāng yīn qiě liú chūn

桂酒[②]，莫辞花下醉芳茵。且留春。

【注释】 这两首词表达了对春天的喜爱与怜惜，美好的时光总是十分短暂，应当珍惜。 ①**利名身**：追求名利的人。 ②**桂酒**：用玉桂浸制的美酒。泛指美酒。

pò zhèn zǐ

破阵子

yàn shū

晏 殊

yàn zǐ lái shí xīn shè lí huā luò hòu qīng

燕子来时新社[①]，梨花落后清

míng chí shàng bì tái sān sì diǎn yè dǐ huáng lí yì

明。池上碧苔三四点，叶底黄鹂一

liǎng shēng rì cháng fēi xù qīng

两声，日长飞絮轻。

qiǎo xiào dōng lín nǚ bàn cǎi sāng jìng lǐ féng

巧笑东邻女伴[②]，采桑径里逢

yíng yí guài zuó xiāo chūn mèng hǎo yuán shì jīn zhāo

迎[③]。疑怪昨宵春梦好，原是今朝

dòu cǎo yíng xiào cóng shuāng liǎn shēng

斗草赢[④]，笑从双脸生。

【注释】 这首词写春日的草长莺飞之景以及少女们嬉戏的场面。 ①新社：即春社，祭祀土地神的日子。 ②巧笑：美好的笑。 ③逢迎：对面相逢。 ④斗草：用草来比赛。这里是指少女们互相比赛，谁摘的数量和种类多，谁就获胜。

qīng píng yuè

清平乐

yàn shū

晏　殊

hóng jiān xiǎo zì shuō jìn píng shēng yì hóng

红笺小字[1]，说尽平生意。鸿

yàn zài yún yú zài shuǐ chóu chàng cǐ qíng nán jì

雁在云鱼在水，惆怅此情难寄[2]。

xié yáng dú yǐ xī lóu yáo shān qià duì lián gōu

斜阳独倚西楼，遥山恰对帘钩[3]。

rén miàn bù zhī hé chù lǜ bō yī jiù dōng liú

人面不知何处，绿波依旧东流。

【注释】 这是一首闺怨词，写一位女子思念远方的人，却又无法将书信寄达，因而十分惆怅。①**红笺**：红色笺纸。这里指情书。②**惆怅**：失意而伤感。③**帘钩**：卷帘所用的钩子。

cǎi sāng zǐ

采桑子

ōu yáng xiū

欧阳修

qún fāng guò hòu xī hú hǎo láng jí cán hóng

群芳过后西湖好[①]，狼藉残红[②]。

fēi xù méng méng chuí liǔ lán gān jìn rì fēng

飞絮濛濛，垂柳阑干尽日风[③]。

shēng gē sàn jìn yóu rén qù shǐ jué chūn kōng

笙歌散尽游人去[④]，始觉春空。

chuí xià lián lóng shuāng yàn guī lái xì yǔ zhōng

垂下帘栊，双燕归来细雨中。

【注释】欧阳修（1007—1072），字永叔，号醉翁，晚号六一居士，北宋政治家、文学家。这首词写西湖的暮春之景，体现了词人闲适淡然的心情。①群芳过后：百花凋谢之后。指春天过去。②狼藉：纵横散乱。残红：凋残的花，落花。③阑干：纵横交错。④笙歌散尽：指宴会结束。去：离开。

dié liàn huā

蝶恋花

ōu yáng xiū

欧阳修

tíng yuàn shēn shēn shēn jǐ xǔ yáng liǔ duī yān

庭院深深深几许[①]？杨柳堆烟[②]，

lián mù wú chóng shù yù lè diāo ān yóu yě chù lóu

帘幕无重数。玉勒雕鞍游冶处[③]，楼

gāo bú jiàn zhāng tái lù

高不见章台路。

yǔ héng fēng kuáng sān yuè mù mén yǎn huáng hūn

雨横风狂三月暮[④]，门掩黄昏，

wú jì liú chūn zhù lèi yǎn wèn huā huā bù yǔ luàn

无计留春住。泪眼问花花不语，乱

hóng fēi guò qiū qiān qù

红飞过秋千去[⑤]。

【注释】 这首词写一位闺中女子的春愁，表现她内心的苦闷。 ①深深：深邃。几许：多少。 ②堆烟：指雾气笼罩。 ③玉勒雕鞍：以玉装饰的马衔，雕花的马鞍。形容装饰华贵的坐骑。 游冶：出游寻乐。 ④雨横风狂：形容风雨又猛又急。 ⑤乱红：落花。

cháng xiāng sī

长相思

ōu yáng xiū

欧阳修

huā sì yī liǔ sì yī huā liǔ qīng chūn

花似伊①，柳似伊。花柳青春

rén bié lí dī tóu shuāng lèi chuí

人别离，低头双泪垂。

cháng jiāng dōng cháng jiāng xī liǎng àn yuān yāng liǎng

长江东，长江西。两岸鸳鸯两

chù fēi xiāng féng zhī jǐ shí

处飞，相逢知几时②。

【注释】这首词写离别之情，表现了有情人相隔两地的相思之苦。①伊：你。②几时：什么时候。

wàngjiāng nán
望江南

ōu yáng xiū
欧阳修

jiāng nán liǔ huā liǔ liǎng xiāng róu huā piàn
江南柳，花柳两相柔[①]。花片
luò shí nián jiǔ zhǎn liǔ tiáo dī chù fú rén tóu gè
落时黏酒盏，柳条低处拂人头。各
zì shì fēng liú
自是风流。

jiāng nán yuè rú jìng fù rú gōu sì jìng
江南月，如镜复如钩[②]。似镜
bù qīn hóng fěn miàn sì gōu bú guà huà lián tóu cháng
不侵红粉面，似钩不挂画帘头。长
shì zhào lí chóu
是照离愁。

【注释】 这首词写江南之景，表达词人闲适的心境，又有一丝怅惘。 ①两相柔：指花和柳条在风中轻轻摆动。 ②如镜复如钩：有时像镜子，有时又像钩子。指月亮的阴晴圆缺。

cháozhōng cuò
朝中措

ōu yáng xiū
欧阳修

píng shān lán jiàn yǐ qíng kōng　shān sè yǒu wú zhōng
平山阑槛倚晴空[①]。山色有无中[②]。

shǒu zhòng táng qián chuí liǔ　bié lái jǐ dù chūn fēng
手种堂前垂柳，别来几度春风[③]。

wén zhāng tài shǒu　huī háo wàn zì　yì yǐn
文章太守[④]，挥毫万字[⑤]，一饮

qiān zhōng　xíng lè zhí xū nián shào　zūn qián kàn qǔ
千钟[⑥]。行乐直须年少[⑦]，尊前看取

shuāi wēng
衰翁[⑧]。

【注释】这首词塑造了一个儒雅而豁达的太守形象。①平山：平山堂，欧阳修任扬州知州时修建。②山色有无中：这里是说远处的山因为有云气缭绕，让人看不真切，若有若无。③别来：分别以来。④文章太守：词人自称。⑤挥毫：指用毛笔写字或画画。⑥钟：盛酒的器皿。⑦直须：应当。⑧尊：即“樽”，酒杯。衰翁：词人自称。

渔家傲

yú jiā ào

wáng ān shí

王安石

gé àn táo huā hóng wèi bàn zhī tóu yǐ yǒu

隔岸桃花红未半[1]。枝头已有

fēng ér luàn chóu chàng wǔ líng rén bù guǎn qīng mèng

蜂儿乱。惆怅武陵人不管[2]。清梦

duàn tíng tíng zhù lì chūn xiāo duǎn

断。亭亭伫立春宵短。

【注释】 王安石（1021—1086），字介甫，号半山，北宋著名思想家、政治家、文学家、改革家。 这首词写春日之景，表达对春宵苦短，时光匆匆逝去的惆怅。 ①**红未半**：指桃花才刚刚开放。 ②**武陵人**：东晋诗人陶渊明《桃花源记》中的人物。武陵人在捕鱼的时候看到了一片桃花林，后找到了一个与世隔绝的地方。

pú sà mán

菩萨蛮

wáng ān shí

王安石

shù jiā máo wū xián lín shuǐ dān shān duǎn mào chuí

数家茅屋闲临水。单衫短帽垂

yáng lǐ jīn rì shì hé zhāo kàn yǔ dù shí qiáo

杨里。今日是何朝，看予度石桥。

shāo shāo xīn yuè yǎn wǔ zuì xǐng lái wǎn

梢梢新月偃①。午醉醒来晚。

hé wù zuì guān qíng huáng lí sān liǎng shēng

何物最关情②。黄鹂三两声。

【注释】 这首词写词人居住的环境，表现其远离官场的闲适。 ①偃：停息。这里指月亮看起来静止。 ②关情：动心，牵动情怀。

bǔ suàn zǐ

卜算子

wáng guān

王观

shuǐ shì yǎn bō héng shān shì méi fēng jù

水是眼波横[①]，山是眉峰聚。

yù wèn xíng rén qù nǎ biān méi yǎn yíng yíng chù

欲问行人去那边[②]，眉眼盈盈处[③]。

cái shǐ sòng chūn guī yòu sòng jūn guī qù ruò

才始送春归，又送君归去。若

dào jiāng nán gǎn shàng chūn qiān wàn hé chūn zhù

到江南赶上春，千万和春住。

【注释】 王观（1035—1100），字通叟，号逐客，北宋词人。 这是一首赠别词，表达了惜春之意和对友人的美好祝福。 ①眼波：形容流动如水波的目光。②那：即“哪”。 ③眉眼盈盈处：山水交汇的地方。

nán gē zǐ qí yī
南歌子（其一）

sū shì
苏 轼

yù zhí hé liáng shǒu hái shēng yuè dàn táng
欲执河梁手[①]，还升月旦堂[②]。

jiǔ lán rén sàn yuè qīn láng běi kè míng zhāo guī qù
酒阑人散月侵廊[③]。北客明朝归去、

yàn nán xiáng
雁南翔[④]。

yǎo tiǎo gāo míng yù fēng liú zhèng jì zhuāng
窈窕高明玉[⑤]，风流郑季庄。

yì shí fēn sàn shuǐ yún xiāng wéi yǒu luò huā fāng cǎo
一时分散水云乡[⑥]。惟有落花芳草、

duàn rén cháng
断人肠。

【注释】 苏轼（1037—1101），字子瞻，号东坡居士，北宋著名文学家、书法家、画家。 这是一首赠别词，表达了词人即将归去的落寞之情。 ①**欲执河梁手**：这里是用苏武和李陵分别的典故，暗示自己将要离去。 ②**月旦堂**：东汉许劭与兄长许靖每月评论乡里人物，时人称之为“月旦评”。这里指词人与友人相聚的场所。 ③**阑**:尽。这里指饯别宴会结束。 **侵**:进入，指月光洒在廊上。 ④**翔**:飞。 ⑤**窈窕**：娴静美好的样子。 ⑥**水云乡**：水云弥漫，风景清幽的地方。

nán gē zǐ qí èr

南歌子（其二）

sū shì

苏轼

yǔ àn chū yí yè, fēng huí biàn bào qíng. dàn

雨暗初疑夜，风回便报晴。淡

yún xié zhào zhuó shān míng. xì cǎo ruǎn shā xī lù、

云斜照著山明[①]。细草软沙溪路、

mǎ tí qīng.

马蹄轻[②]。

mǎo jiǔ xǐng hái kùn, xiān cūn mèng bù chéng.

卯酒醒还困[③]，仙村梦不成。

lán qiáo hé chù mì yún yīng. zhǐ yǒu duō qíng liú shuǐ、

蓝桥何处觅云英[④]。只有多情流水、

bàn rén xíng.

伴人行。

【注释】 这首词写江南行路之景，清新自然，又流露出词人的一丝落寞。 ①著：同“着”。附着，附上。 ②细草：小草。 ③卯酒：早晨喝的酒。 ④蓝桥：桥名。在陕西蓝田东南蓝溪之上。 云英：唐传奇《裴航》中的仙女。裴航过蓝桥驿，娶云英为妻。后夫妇俱入玉峰成仙。

nán gē zǐ　qí sān

南歌子（其三）

sū shì

苏　轼

dài jiǔ chòng shān yǔ　hé yī shuì wǎn qíng

带酒冲山雨[1]，和衣睡晚晴[2]。

bù zhī zhōng gǔ bào tiān míng　mèng lǐ xǔ rán hú dié

不知钟鼓报天明。梦里栩然蝴蝶、

yì shēn qīng

一身轻[3]。

lǎo qù cái dōu jìn　guī lái jì wèi chéng　qiú

老去才都尽，归来计未成。求

tián wèn shè xiào háo yīng　zì ài hú biān shā lù

田问舍笑豪英[4]。自爱湖边沙路、

miǎn ní xíng

免泥行。

【注释】这首词写悠然自在的生活，表达了词人抛弃功名利禄，享受田园之乐的情感。　①冲：冒着。　②和衣：不脱衣服。　③栩然：欢畅活泼的样子。这里用庄周梦蝶的典故。庄周梦见自己变成蝴蝶，醒来后感叹不知是自己梦见蝴蝶，还是蝴蝶梦见自己。　④求田问舍：多方购买田地，到处问询屋价。指只知道置产业，谋求个人私利。比喻没有远大的志向。

卜算子（其一）

bǔ suàn zǐ　qí yī

sū shì

苏　轼

shǔ kè dào jiāng nán　cháng yì wú shān hǎo
蜀客到江南[①]，长忆吴山好[②]。
wú shǔ fēng liú zì gǔ tóng　guī qù yīng xū zǎo
吴蜀风流自古同，归去应须早。
hái yǔ qù nián rén　gòng jiè xī hú cǎo
还与去年人，共藉西湖草[③]。
mò xī zūn qián zǐ xì kàn　yīng shì róng yán lǎo
莫惜尊前仔细看[④]，应是容颜老。

【注释】这首词表达了词人对杭州美景、友人的怀念，以及对时光匆匆而过的感伤。①蜀客：词人自称。②吴山：吴地的山。常泛指江南的山。这里代指江南。③藉：衬垫。这里指坐在西湖旁。④莫惜尊前：指尽情享受酒席上的乐趣。

bǔ suàn zǐ qí èr

卜算子（其二）

sū shì

苏 轼

quē yuè guà shū tóng lòu duàn rén chū jìng
缺月挂疏桐[①]，漏断人初静[②]。

shuí jiàn yōu rén dú wǎng lái piāo miǎo gū hóng yǐng
谁见幽人独往来[③]，缥缈孤鸿影[④]。

jīng qǐ què huí tóu yǒu hèn wú rén xǐng
惊起却回头，有恨无人省[⑤]。

jiǎn jìn hán zhī bù kěn qī jì mò shā zhōu lěng
拣尽寒枝不肯栖[⑥]，寂寞沙洲冷。

【注释】这是一首托物言志的词，词人借写大雁的孤高表达了自己不与世俗同流合污的高尚情操。①疏桐：叶子稀落的梧桐树。②漏断：这里指深夜。③幽人：幽隐之人。④缥缈：高远隐约，若有若无。孤鸿：孤单的鸿雁。⑤省：明白，懂得。⑥栖：栖息，停留。

lín jiāng xiān

临江仙

sū shì

苏 轼

yè yǐn dōng pō xǐng fù zuì guī lái fǎng fú
夜饮东坡醒复醉①，归来仿佛
sān gēng jiā tóng bí xī yǐ léi míng qiāo mén dōu bú
三更。家童鼻息已雷鸣。敲门都不
yìng yǐ zhàng tīng jiāng shēng
应，倚杖听江声。

cháng hèn cǐ shēn fēi wǒ yǒu hé shí wàng què
长恨此身非我有②，何时忘却
yíng yíng yè lán fēng jìng hú wén píng xiǎo zhōu cóng
营营③。夜阑风静縠纹平④。小舟从
cǐ shì jiāng hǎi jì yú shēng
此逝，江海寄余生⑤。

【注释】 这首词表现的是词人对自由的向往与追求。 ①**东坡**：地名，在湖北省黄冈县东南。词人谪居黄州时曾在此居住。 ②**此身非我有**：语出《庄子》，这里指在官场身不由己。 ③**营营**：追求奔逐。 ④**夜阑**：夜深。 **縠纹**：绉纱似的皱纹。常用来比喻水的波纹。 ⑤**寄**：寄托。这里指寄情自然。

huàn xī shā

浣溪沙

sū shì

苏轼

sì miàn chuí yáng shí lǐ hé wèn yún hé chù zuì

四面垂杨十里荷。问云何处最

huā duō huà lóu nán pàn xī yáng guò

花多。画楼南畔夕阳过①。

tiān qì zhà liáng rén jì mò guāng yīn xū děi jiǔ

天气乍凉人寂寞，光阴须得酒

xiāo mó qiě lái huā lǐ tīng shēng gē

消磨②。且来花里听笙歌。

【注释】 这首词写天气的转变引发的悲秋之情，表现了词人的苦闷。 ①画楼：雕饰华丽的楼房。 ②消磨：度过闲暇时间。

wàngjiāng nán

望江南

sū shì

苏 轼

chūn wèi lǎo fēng xì liǔ xié xié shì shàng chāo

春未老，风细柳斜斜。试上超

rán tái shàng kàn bàn háo chūn shuǐ yì chéng huā yān

然台上看[①]，半壕春水一城花[②]。烟

yǔ àn qiān jiā

雨暗千家[③]。

hán shí hòu jiǔ xǐng què zī jiē xiū duì

寒食后[④]，酒醒却咨嗟[⑤]。休对

gù rén sī gù guó qiě jiāng xīn huǒ shì xīn chá

故人思故国[⑥]，且将新火试新茶[⑦]。

shī jiǔ chèn nián huá

诗酒趁年华。

【注释】 这首词写春日的景象，表现了作者达观积极，把握当下的人生态度。①超然台：词人担任密州太守时建造的观景台。 ②壕：护城河。 ③暗：这里指烟雨蒙蒙，城中楼台若隐若现。 ④寒食：节名，在清明前一天。 ⑤咨嗟：叹息。 ⑥故国：这里指故乡。 ⑦新火：唐宋习俗，清明前一日禁火寒食，到清明节再起火赐百官，称为“新火”。 新茶：新采制的茶叶。

jiāngshén zǐ

江神子

sū shì

苏 轼

fèng huáng shān xià yǔ chū qíng shuǐ fēng qīng

凤凰山下雨初晴[1]。水风清。

wǎn xiá míng yì duǒ fú qú kāi guò shàng yíng yíng

晚霞明。一朵芙蕖[2]，开过尚盈盈。

hé chù fēi lái shuāng bái lù rú yǒu yì mù pīng tíng

何处飞来双白鹭，如有意，慕娉婷[3]。

hū wén jiāng shàng nòng āi zhēng kǔ hán qíng

忽闻江上弄哀筝[4]。苦含情。

qiǎn shuí tīng yān liǎn yún shōu yī yuē shì xiāng líng

遣谁听。烟敛云收[5]，依约是湘灵[6]。

yù dài qǔ zhōng xún wèn qǔ rén bú jiàn shù fēng qīng

欲待曲终寻问取，人不见，数峰青。

【注释】这首词写的是雨后凤凰山的景色，以及所听到的哀怨琴声，含蓄隽永。

①凤凰山：在浙江省杭州市东南。 ②芙蕖：荷花。 ③娉婷：女子容貌姿态娇好的样子。 ④弄：弹奏。 ⑤烟敛云收：云消雾散。 ⑥湘灵：湘水女神。

jiāngchéng zǐ
江城子

sū shì
苏 轼

shí nián shēng sǐ liǎng máng máng bù sī liáng
十年生死两茫茫①，不思量，

zì nán wàng qiān lǐ gū fén wú chù huà qī liáng
自难忘。千里孤坟②，无处话凄凉。

zòng shǐ xiāng féng yīng bù shí chén mǎn miàn bìn rú shuāng
纵使相逢应不识，尘满面，鬓如霜③。

yè lái yōu mèng hū huán xiāng xiǎo xuān chuāng
夜来幽梦忽还乡，小轩窗④，

zhèng shū zhuāng xiāng gù wú yán wéi yǒu lèi qiān háng
正梳妆。相顾无言，惟有泪千行。

liào dé nián nián cháng duàn chù míng yuè yè duǎn sōng gāng
料得年年肠断处，明月夜，短松冈⑤。

【注释】 这是一首悼亡词。写词人在梦中与亡妻相见，表现了词人对亡妻的怀念。①**两**：这里指亡妻和词人自己。 **茫茫**：渺茫。 ②**千里孤坟**：亡妻的坟葬在家乡，与自己相隔千里。 ③**鬓如霜**：两鬓斑白，如同霜雪。形容年华老去。 ④**轩窗**：窗户。 ⑤**短松冈**：种着矮松的山冈。这里指亡妻的墓地。

shào nián yóu

少年游

sū shì

苏 轼

qù nián xiāng sòng yú háng mén wài fēi xuě

去年相送，余杭门外[1]，飞雪

sì yáng huā jīn nián chūn jìn yáng huā sì xuě yóu

似杨花。今年春尽，杨花似雪，犹

bú jiàn huán jiā

不见还家。

duì jiǔ juǎn lián yāo míng yuè fēng lù tòu chuāng

对酒卷帘邀明月，风露透窗

shā qià sì héng é lián shuāng yàn fēn míng zhào

纱。恰似姮娥怜双燕[2]，分明照、

huà liáng xié

画梁斜[3]。

【注释】 这首词写词人与妻子分离后的感受，体现了夫妻之间的深情。 ①余杭门：北宋时杭州的城门之一。 ②姮娥：嫦娥。这里指月亮。 ③画梁：有彩绘装饰的屋梁。

鹧鸪天

苏轼

林断山明竹隐墙[①]。乱蝉衰草小池塘[②]。翻空白鸟时时见[③]，照水红蕖细细香[④]。

村舍外，古城旁。杖藜徐步转斜阳[⑤]。殷勤昨夜三更雨[⑥]，又得浮生一日凉。

【注释】 这首词写夏日雨后的乡村，表达了作者对闲适生活的喜爱。 ①林断山明：指山在树林的尽头。 隐：隐蔽。这里指墙在竹林后若隐若现。 ②乱蝉：指蝉的叫声略有些聒噪。 ③翻空：在空中飞翔。 ④红蕖：荷花。 ⑤杖藜：拄着手杖行走。 ⑥殷勤：形容热情周到。

dié liàn huā

蝶恋花

sū shì

苏 轼

huā tuì cán hóng qīng xìng xiǎo yàn zi fēi shí

花褪残红青杏小[1]。燕子飞时，

lǜ shuǐ rén jiā rào zhī shàng liǔ mián chuī yòu shǎo

绿水人家绕。枝上柳绵吹又少[2]。

tiān yá hé chù wú fāng cǎo

天涯何处无芳草。

qiáng lǐ qiū qiān qiáng wài dào qiáng wài xíng rén

墙里秋千墙外道。墙外行人，

qiáng lǐ jiā rén xiào xiào jiàn bù wén shēng jiàn qiǎo duō

墙里佳人笑。笑渐不闻声渐悄。多

qíng què bèi wú qíng nǎo

情却被无情恼[3]。

【注释】 这首词写暮春的景色，表达了词人的伤春之意，朦胧含蓄。 ①褪：颜色消退或消失。 ②柳绵：柳絮。 ③多情：指墙外行人。 无情：指墙内荡秋千的佳人。

长相思

(chángxiāng sī)

晏几道

(yàn jǐ dào)

chángxiāng sī　chángxiāng sī　ruò wèn xiāng sī shèn

长相思，长相思，若问相思甚

liǎo qī　chú fēi xiāng jiàn shí

了期[①]。除非相见时。

chángxiāng sī　chángxiāng sī　yù bǎ xiāng sī shuō

长相思，长相思，欲把相思说

sì shuí　qiǎn qíng rén bù zhī

似谁[②]。浅情人不知[③]。

【注释】 晏几道（1038—1110），晏殊第七子，字叔原，号小山，北宋著名词人。 这首词写一位女子的相思之情，情意绵长无法断绝，但又不知道同谁诉说，无法宣泄。 ①甚了期：什么时候了结。 ②似：与，给。 ③浅情：薄情。

diǎn jiàngchún

点绛唇

yàn jǐ dào

晏几道

huā xìn lái shí hèn wú rén sì huā yī jiù

花信来时[1]，恨无人似花依旧。

yòu chéng chūn shòu zhé duàn mén qián liǔ

又成春瘦，折断门前柳。

tiān yǔ duō qíng bù yǔ cháng xiāng shǒu fēn

天与多情[2]，不与长相守。分

fēi hòu lèi hén hé jiǔ zhàn le shuāng luó xiù

飞后[3]，泪痕和酒，占了双罗袖[4]。

【注释】 这首词写一位女子与情人分别后的离恨，感情真挚。 ①花信：花期。 ②与：给予，使得。 ③分飞：分离。 ④罗袖：衣袖。

cǎi sāng zǐ

采桑子

yàn jǐ dào

晏几道

chūn fēng bú fù nián nián xìn cháng chèn huā qī
春风不负年年信，长趁花期。
xiǎo jǐn táng xī hóng xìng chū kāi dì yī zhī
小锦堂西，红杏初开第一枝。
bì xiāo dù qǔ liú rén zuì zuó yè guī chí
碧箫度曲留人醉①，昨夜归迟。
duǎn hèn píng shuí yīng yǔ yīn qín yuè luò shí
短恨凭谁，莺语殷勤月落时②。

【注释】这首词写初春时节的景色以及词人在宴会后晚归的所见所感。①碧箫：碧玉制的箫。②殷勤：这里指鸟儿鸣声不断。

lín jiāng xiān

临江仙

yàn jǐ dào

晏几道

mèng hòu lóu tái gāo suǒ jiǔ xǐng lián mù dī

梦后楼台高锁，酒醒帘幕低

chuí qù nián chūn hèn què lái shí luò huā rén dú

垂。去年春恨却来时①。落花人独

lì wēi yǔ yàn shuāng fēi

立，微雨燕双飞。

jì dé xiǎo pín chū jiàn liǎng chóng xīn zì luó

记得小蘋初见，两重心字罗

yī pí pá xián shàng shuō xiāng sī dāng shí míng yuè

衣②。琵琶弦上说相思③。当时明月

zài céng zhào cǎi yún guī

在，曾照彩云归④。

【注释】 这首词写的是词人与歌女小蘋分离后的伤感与惆怅，表达了对小蘋的怀念和人事全非的怅惘。 ①却来：又来。 ②罗衣：轻软丝织品制成的衣服。这里指衣服上的花纹像“心”字。 ③琵琶弦上说相思：弹奏琵琶，诉说相思之苦。④彩云：比喻美人，这里即指小蘋。

cháozhōng cuò
朝中措

cháo duān lǐ
晁端礼

duǎn tíng yáng liǔ jiē cháng tíng pān zhé zèng jūn
短亭杨柳接长亭。攀折赠君

xíng mò guài zūn qián wú yǔ dà dōu fèn wài duō qíng
行。莫怪尊前无语，大都分外多情。

hé xū kǔ jì shí jiān lì lù shēn hòu gōng
何须苦计，时间利禄，身后功

míng qiě jìn shí fēn fāng jiǔ gòng qīng yí mèng fú shēng
名①。且尽十分芳酒，共倾一梦浮生。

【注释】晁端礼（1046—1113），字次膺，北宋词人。这是一首赠别词，表达了词人对友人的不舍，并殷勤嘱托友人不必过分在意功名利禄。①身后：死后。这里是说功名利禄只是身外之物，死后一切皆空，因此不必过分在意。

yú měi rén

虞美人

cháo duān lǐ

晁端礼

duǎn tíng guò jìn cháng tíng dào wèi rěn guò zhēng zhào
短亭过尽长亭到。未忍过征棹①。
tiān yá zì shì bié lí shēn gèng zhé yì zhī yáng liǔ zèng xíng rén
天涯自是别离身。更折一枝杨柳、赠行人。

huái yīn dī shàng cán yáng lǐ mù cǎo lián kōng cuì
淮阴堤上残阳里，暮草连空翠。
yì zūn bié jiǔ kǔ cōng cōng hái sì lǒng tóu liú shuǐ gè xī dōng
一樽别酒苦匆匆。还似陇头流水、各西东②。

【注释】 这是一首赠别词，写的是折柳赠别的情景，表达了词人对友人的不舍，充满离愁别绪。 ①征棹：远行的船。 ②陇头：陇山，借指边塞。

如梦令（其一）

rú mèng lìng　qí yī

秦观

qín guān

lóu wài cán yáng hóng mǎn　chūn rù liǔ tiáo jiāng

楼外残阳红满。春入柳条将

bàn　táo lǐ bù jīn fēng　huí shǒu luò yīng wú xiàn

半。桃李不禁风[①]，回首落英无限[②]。

cháng duàn　cháng duàn　rén gòng chǔ tiān jù yuǎn

肠断。肠断。人共楚天俱远[③]。

【注释】 秦观（1049—1100），字少游，北宋婉约派词人。　这是一首伤春词，写暮春时节的傍晚风吹花落的景象，充满了伤感的情绪。　①桃李：桃花与李花。不禁风：承受不住风。指桃花和李花被风吹落。　②落英：落花。　③楚天：长江中下游一带（古属楚国）的天空，泛指南方的天空。

rú mèng lìng qí èr

如梦令（其二）

qín guān

秦观

chí shàng chūn guī hé chù mǎn mù luò huā fēi

池上春归何处。满目落花飞

xù gū guǎn qiǎo wú rén mèng duàn yuè dī guī lù

絮。孤馆悄无人，梦断月堤归路①。

wú xù wú xù lián wài wǔ gēng fēng yǔ

无绪②。无绪。帘外五更风雨。

【注释】 这是一首伤春词，写暮春之时词人独自在外漂泊，孤寂凄凉。 ①月堤：洒满月光的长堤。 ②无绪：没有情绪，没有兴致。

yì qín é

忆秦娥

qín guān

秦 观

qū jiāng huā yí chūn shí lǐ jǐn yún zhē jǐn

曲江花。宜春十里锦云遮。锦

yún zhē shuǐ biān yuàn luò shān shàng rén jiā

云遮。水边院落，山上人家。

róng róng xì cǎo chéng xiāng chē jīn ān yù lè

茸茸细草承香车①。金鞍玉勒

zhēng nián huá zhēng nián huá jiǔ lóu qīng pèi gē

争年华②。争年华。酒楼青旆③，歌

bǎn hóng yá

板红牙④。

【注释】 这首词写的是曲江岸边的生活图景以及少年们在繁华的京城中打马而过的场景，表现了少年们的朝气与风流。 ①茸茸：草、毛等丝条状物柔软细密的样子。 香车：用香木做的车。泛指华美的车或轿。 ②金鞍玉勒：以黄金装饰的马鞍，以玉装饰的马衔。 ③青旆：酒旗。 ④歌板：即拍板，一种乐器，歌唱时用以打拍子。 红牙：乐器名。檀木制的拍板，用以调节乐曲的节拍。

huàn xī shā

浣溪沙

qín guān

秦 观

mò mò qīng hán shàng xiǎo lóu xiǎo yīn wú lài

漠漠轻寒上小楼[1]，晓阴无赖

sì qióng qiū dàn yān liú shuǐ huà píng yōu

似穷秋[2]，淡烟流水画屏幽[3]。

zì zài fēi huā qīng sì mèng wú biān sī yǔ xì

自在飞花轻似梦，无边丝雨细

rú chóu bǎo lián xián guà xiǎo yín gōu

如愁，宝帘闲挂小银钩[4]。

【注释】 这首词写了一位闺中少女的闲愁，意境悠远，清新淡然。①轻寒：微寒。②晓阴：早晨时天阴。 穷秋：晚秋。③画屏：用图画装饰的屏风。④宝帘：缀着珠宝的帘子，形容华美。 闲挂：随意地挂着。

jiāngchéng zǐ
江城子

qín guān
秦 观

xī chéng yáng liǔ nòng chūn róu dòng lí yōu
西城杨柳弄春柔[①]。动离忧[②]，
lèi nán shōu yóu jì duō qíng céng wèi xì guī zhōu
泪难收。犹记多情[③]，曾为系归舟[④]。
bì yě zhū qiáo dāng rì shì rén bú jiàn shuǐ kōng liú
碧野朱桥当日事，人不见，水空流。
sháo huá bú wèi shào nián liú hèn yōu yōu jǐ
韶华不为少年留[⑤]。恨悠悠，几
shí xiū fēi xù luò huā shí hòu yī dēng lóu biàn
时休。飞絮落花时候、一登楼。便
zuò chūn jiāng dōu shì lèi liú bú jìn xǔ duō chóu
做春江都是泪，流不尽，许多愁。

【注释】 这是一首伤春怀人的词，写词人回忆中暮春时的送别之景，充满离愁别绪。①弄春:在春日弄姿。这里指柳条在春风中摆动。②离忧:离别的忧思。③多情：重感情。④归舟：返航的船。⑤韶华：美好的年华。

yì xiān zī
忆仙姿

hè zhù
贺 铸

lián yè chū shēng nán pǔ liǎng àn lǜ yáng fēi
莲叶初生南浦[①]。两岸绿杨飞

xù xiàng wǎn lǐ yú fēng duàn sòng cǎi fān hé chù
絮。向晚鲤鱼风[②]，断送彩帆何处[③]。

níng zhù níng zhù lóu wài yì jiāng yān yǔ
凝伫[④]。凝伫。楼外一江烟雨。

【注释】 贺铸（1052—1125），字方回，北宋词人。这首词写南浦岸边的景色及送别的场景，表达了女子对远行之人的思念，含蓄动人。 ①南浦：水的南岸，泛指送别之处。 ②向晚：傍晚。 鲤鱼风：九月的风，秋风。 ③断送：送走。 ④凝伫：凝望伫立，停滞不动。

yì qín é

忆秦娥

hè zhù

贺 铸

xiǎo méng lóng　qián xī bǎi niǎo tí cōng cōng

晓朦胧①。前溪百鸟啼匆匆。

tí cōng cōng　líng bō rén qù　bài yuè lóu kōng

啼匆匆。凌波人去②，拜月楼空。

qù nián jīn rì dōng mén dōng　xiān zhuāng huī yìng

去年今日东门东。鲜妆辉映

táo huā hóng　táo huā hóng　chuī kāi chuī luò　yí

桃花红③。桃花红。吹开吹落，一

rèn dōng fēng

任东风④。

【注释】 这首词写人事变化，感叹美好的人或事物皆不能长久，充满遗憾与伤感。

①**朦胧**：模糊不清。这里指天刚刚亮。　②**凌波人**：步履轻盈的美人。这里泛指美人。　③**鲜妆**：美丽的妆容。　④**一任**：任凭。

qīng yù àn

青玉案

hè zhù

贺 铸

líng bō bú guò héng táng lù dàn mù sòng

凌波不过横塘路①，但目送、

fāng chén qù jǐn sè huá nián shuí yǔ dù yuè qiáo

芳尘去②。锦瑟华年谁与度③？月桥

huā yuàn suǒ chuāng zhū hù zhǐ yǒu chūn zhī chù

花院④，琐窗朱户⑤，只有春知处。

fēi yún rǎn rǎn héng gāo mù cǎi bǐ xīn tí

飞云冉冉蘅皋暮⑥，彩笔新题

duàn cháng jù shì wèn xián chóu dōu jǐ xǔ yì chuān

断肠句⑦。试问闲愁都几许？一川

yān cǎo mǎn chéng fēng xù méi zǐ huáng shí yǔ

烟草⑧，满城风絮，梅子黄时雨。

【注释】 这首词写暮春时的景色以及词人因所思不见而生发出的闲愁，含蓄朦胧，有一丝淡淡的哀伤。 ①凌波：这里代指美人。 ②芳尘去：指美人离去。 ③锦瑟年华：指青春时代。 ④月桥：如月亮一般弯弯的拱桥。 ⑤琐窗：镂刻有连琐图案的窗棂。 朱户：朱红色的大门。 ⑥冉冉：缓慢地。 蘅皋：长有香草的沼泽。 ⑦彩笔：五彩之笔，比喻文笔词藻富丽。 ⑧一川：满地。

bǔ suàn zǐ
卜算子

chén shī dào
陈师道

xiù mù zhào méi huā mò fàng qīng xiāng tòu
绣幕罩梅花[①]，莫放清香透。
jiàn lǐ zhū yán suì suì yí zhǐ dào huā yī jiù
鉴里朱颜岁岁移[②]，只道花依旧。
bǎ jiǔ wèn méi huā zhī wǒ lí qíng fǒu ruò
把酒问梅花，知我离情否。若
shǐ méi huā zhī wǒ shí liào dé huā xū shòu
使梅花知我时，料得花须瘦。

【注释】 陈师道（1053—1102），字履常，一字无己，号后山居士，北宋文学家，江西诗派重要作家。这首词表达了词人对时光流逝的感伤。①**绣幕**：绣着花纹的布。②**朱颜**：美好的容颜。这里指词人自己。**移**：改变。这里指一天天变老。

nán gē zǐ

南歌子

máo pāng

毛 滂

tíng xià xīn shēng yuè píng jūn bǎ jiǔ kàn bù

庭下新生月，凭君把酒看。不

xū zhí dài sù tuán tuán qià sì nà rén méi yàng

须直待素团团①。恰似那人眉样、

xiù wān huán

秀弯环②。

lěng shè yuān yāng wǎ qīng qī fěi cuì lián

冷射鸳鸯瓦③，清欺翡翠帘。

shù zhī yān zhú xiǎo qiáo hán jiàn jiàn fēng chuī shū yǐng

数枝烟竹小桥寒。渐见风吹疏影、

guò lán gān

过阑干④。

【注释】 毛滂（1056—约1124），字泽民，北宋词人。 这首词写秋天夜晚的景色，清冷幽寂。 ①直待：一直等到。 团团：圆月。 ②秀弯环：指月亮弯弯的，如同眉毛。 ③鸳鸯瓦：成对的瓦。 ④疏影：疏朗的影子。

chángxiāng sī

长相思

zhōu bāng yàn

周邦彦

hǎo fēng fú wǎn yǔ shōu lín yè yīn yīn yìng

好风浮，晚雨收，林叶阴阴映

yì zhōu xié yáng míng yǐ lóu

鹢舟①，斜阳明倚楼。

àn níng móu yì jiù yóu tǐng zǐ piān zhōu

黯凝眸②，忆旧游，艇子扁舟

lái mò chóu shí chéng fēng làng qiū

来莫愁③，石城风浪秋。

【注释】 周邦彦（1057—1121），字美成，号清真居士，北宋文学家，婉约派词人。这首词写雨后舟中的所见所感，表达了对过去的怀念，有一丝淡淡忧伤。①鹢舟：船头画有鹢鸟图像的船，亦泛指船。 ②黯：黯然，感伤沮丧的样子。凝眸：凝视。 ③艇子、扁舟：小船。

huàn xī shā

浣溪沙

zhōu bāng yàn

周邦彦

cuì bǎo cēn cī zhú jìng chéng xīn hé tiào yǔ

翠葆参差竹径成[①]，新荷跳雨

lèi zhū qīng qū lán xié zhuǎn xiǎo chí tíng

泪珠倾[②]。曲阑斜转小池亭[③]。

fēng yuē lián yī guī yàn jí shuǐ yáo shàn yǐng

风约帘衣归燕急[④]，水摇扇影

xì yú jīng liǔ shāo cán rì nòng wēi qíng

戏鱼惊。柳梢残日弄微晴。

【注释】 这首词写的是夏日黄昏雨后的景象，充满闲适的意趣。 ①葆：草木丛生。 ②泪珠倾：这里指雨落到荷叶上，形成水珠。 ③曲阑：这里指回廊。 ④约：这里指吹起，吹拂。

bǔ suàn zǐ
卜算子

yè mèng dé
叶梦得

xīn yuè guà lín shāo　　àn shuǐ míng kū zhǎo
新月挂林梢[①]，暗水鸣枯沼[②]。
shí jiàn shū xīng luò huà yán　　jǐ diǎn liú yíng xiǎo
时见疏星落画檐[③]，几点流萤小[④]。
guī yì yǐ wú duō　　gù zuò lián huán rào
归意已无多，故作连环绕[⑤]。
yù jì xīn shēng wèn cǎi líng　　shuǐ kuò yān bō miǎo
欲寄新声问采菱[⑥]，水阔烟波渺[⑦]。

【注释】 叶梦得(1077—1148),字少蕴,南宋词人。 这首词写夏夜的所见所感,静谧清凉,充满闲适的生活意趣,又有淡淡的惆怅。 ①梢:树梢。 ②暗水:伏流。潜藏不显露的水流。 ③画檐:有画饰的屋檐。 ④流萤:飞行不定的萤火虫。 ⑤故:如故,依旧。 连环:一个套着一个的一串环,比喻一个接着一个互相关联。 绕:萦绕。 ⑥新声:新曲。 采菱:代指歌女。 ⑦烟波:雾气迷茫的水波。 渺:形容水势辽远。

wàngjiāng nán
望江南

zhū dūn rú
朱敦儒

yán zhòu yǒng chū yè yuè qīn chuáng lù wò
炎昼永[1]，初夜月侵床。露卧
yì cóng lián yè pàn fú róng xiāng xì shuǐ fēng liáng
一丛莲叶畔，芙蓉香细水风凉[2]。
zhěn shàng shì xiān xiāng
枕上是仙乡[3]。

fú shì shì néng yǒu jǐ duō cháng bái rì míng
浮世事，能有几多长。白日明
zhāo yī jiù zài huáng huā fēi wǎn shì chóng yáng bú yòng
朝依旧在，黄花非晚是重阳。不用
kǔ sī liáng
苦思量[4]。

【注释】 朱敦儒（1081—1159），字希真，南宋词人。这首词写夏夜的静谧之景，表现了词人豁达的心胸。①炎昼：炎热的白天。永：长。②芙蓉：荷花。细：形容香味很淡，若有若无。③仙乡：仙人所居处，仙界。这里指好梦。④思量：考虑。

cǎi sāng zǐ
采桑子

zhōu zǐ zhī
周紫芝

yún zōng lǎo qù hún wú dìng　piāo bó hán kōng
云踪老去浑无定[①]，飘泊寒空。

yòu pī dōng fēng　chuī guò jiāng nán dì jǐ fēng
又被东风[②]。吹过江南第几峰。

cháng ān shì shàng kàn huā yǎn　bú dào shuāi wēng
长安市上看花眼，不到衰翁[③]。

hǎo chèn guī hóng　jiā zài xī yán bì guì cóng
好趁归鸿[④]。家在西岩碧桂丛。

【注释】 周紫芝（1082—1155），字少隐，号竹坡居士，南宋文学家。 这首词写将要离开杭州时的感受，表达了对杭州的不舍与依恋。 ①**云踪**：云的踪迹。这里用来比喻词人自己的行踪。 ②**被**：即“披”，覆盖。这里指春风吹拂。③**衰翁**：老翁。 ④**归鸿**：归雁。

cháozhōng cuò

朝中措

zhōu zǐ zhī

周紫芝

huáng hūn lóu gé luàn qī yā tiān mò dàn wēi xiá

黄昏楼阁乱栖鸦。天末淡微霞[①]。

fēng lǐ yì chí yáng liǔ yuè biān mǎn shù lí huā

风里一池杨柳，月边满树梨花。

yáng tái lù yuǎn yú chén chǐ sù rén zài

阳台路远，鱼沉尺素[②]，人在

tiān yá xiǎng dé xiǎo chuāng yáo yè āi xián bō duàn

天涯。想得小窗遥夜，哀弦拨断

pí pá

琵琶[③]。

【注释】这首词写黄昏时的景色，表达了对远方之人的思念。①**天末**：天的尽头。②**尺素**：书信。③**哀弦**：悲凉的弦乐声。

yì wáng sūn

忆王孙

zhōu zǐ zhī

周紫芝

méi zǐ shēng shí chūn jiàn lǎo hóng mǎn dì

梅子生时春渐老[①]。红满地、

luò huā shuí sǎo jiù nián chí guǎn bù guī lái yòu lǜ

落花谁扫。旧年池馆不归来，又绿

jìn jīn nián cǎo

尽、今年草。

sī liáng qiān lǐ xiāng guān dào shān gòng shuǐ

思量千里乡关道[②]。山共水、

jǐ shí dé dào dù juān zhǐ jiě yuàn cán chūn yě

几时得到[③]。杜鹃只解怨残春[④]，也

bù guǎn rén fán nǎo

不管、人烦恼。

【注释】 这是一首伤春词，写暮春时节的景色，表达了词人心中的愁怨以及对时光流逝的感伤。 ①老：指春天过去。 ②乡关：故乡。 ③得到：能到，可到。④残春：所剩无几的春天。指暮春。

nán gē zǐ
南歌子

lǚ běn zhōng
吕本中

yì lù qīn xié yuè xī qiáo dù xiǎo shuāng
驿路侵斜月[1]，溪桥度晓霜。
duǎn lí cán jú yì zhī huáng zhèng shì luàn shān shēn chù
短篱残菊一枝黄。正是乱山深处、
guò chóng yáng
过重阳。

lǚ zhěn yuán wú mèng hán gēng měi zì cháng
旅枕元无梦[2]，寒更每自长[3]。
zhǐ yán jiāng zuǒ hǎo fēng guāng bú dào zhōng yuán guī sī
只言江左好风光[4]。不道中原归思、
zhuǎn qī liáng
转凄凉。

【注释】 吕本中（1084—1145），字居仁，南宋诗人、词人、道学家。这首词写重阳节时羁旅之中的所见所感，表达了词人对中原故土的怀念之情。

①驿路：驿道，大道。 ②元：原本。 ③寒更：寒夜的更点。 ④江左：江东。指长江下游以东地区。

yì wáng sūn
忆王孙

lǐ qīngzhào
李清照

hú shàng fēng lái bō hào miǎo qiū yǐ mù
湖上风来波浩渺[①]，秋已暮、
hóng xī xiāng shǎo shuǐ guāng shān sè yǔ rén qīn shuō
红稀香少[②]。水光山色与人亲，说
bú jìn wú qióng hǎo
不尽、无穷好。

lián zǐ yǐ chéng hé yè lǎo qīng lù xǐ pín
莲子已成荷叶老，清露洗、蘋
huā tīng cǎo mián shā ōu lù bù huí tóu sì yě
花汀草。眠沙鸥鹭不回头[③]，似也
hèn rén guī zǎo
恨、人归早。

【注释】 李清照（1084—约1155），号易安居士，宋代女词人，婉约词派代表。这首词写秋高气爽的景色，清新舒朗。 ①**浩渺**：形容水面辽阔。 ②**红稀香少**：指百花凋零。 ③**眠沙**：伏在沙滩上休息。

yì qín é

忆秦娥

lǐ qīngzhào

李清照

lín gāo gé luàn shān píng yě yān guāng bó

临高阁[①]。乱山平野烟光薄[②]。

yān guāng bó qī yā guī hòu mù tiān wén jiǎo

烟光薄。栖鸦归后[③]，暮天闻角[④]。

duàn xiāng cán jiǔ qíng huái è xī fēng cuī chèn

断香残酒情怀恶[⑤]。西风催衬

wú tóng luò wú tóng luò yòu hái qiū sè yòu

梧桐落[⑥]。梧桐落。又还秋色[⑦]，又

hái jì mò

还寂寞。

【注释】 这首词写登楼远眺的所见所感，表达了词人对山河破碎以及颠沛流离的生活的痛心，真挚感人。 ①临：登临，登上。 ②乱山：指重重叠叠的山。平野：平坦空旷的原野。 ③栖鸦：在树上栖息的乌鸦。 ④角：古代军中的一种乐器。 ⑤断香：指香炉中的熏香将要燃尽。 ⑥催衬：催促。 ⑦还：更加，表示程度加深。

rú mèng lìng qí yī

如梦令（其一）

lǐ qīng zhào

李清照

cháng jì xī tíng rì mù chén zuì bù zhī guī

常记溪亭日暮[①]。沉醉不知归

lù xìng jìn wǎn huí zhōu wù rù ǒu huā shēn chù

路。兴尽晚回舟[②]，误入藕花深处[③]。

zhēng dù zhēng dù jīng qǐ yì tān ōu lù

争渡[④]。争渡。惊起一滩鸥鹭。

【注释】 这首词写年少时的游玩赏乐，清新别致，富有生活趣味。 ①常记：长久地记得。 溪亭：临溪水的亭子。 ②兴尽：尽兴，兴致得到满足。 ③藕花：荷花。 ④争：怎么。

rú mèng lìng qí èr

如梦令（其二）

lǐ qīngzhào

李清照

zuó yè yǔ shū fēng zhòu nóng shuì bù xiāo cán

昨夜雨疏风骤[1]。浓睡不消残

jiǔ shì wèn juǎn lián rén què dào hǎi táng yī jiù

酒[2]。试问卷帘人，却道海棠依旧。

zhī fǒu zhī fǒu yīng shì lǜ féi hóng shòu

知否。知否。应是绿肥红瘦[3]。

【注释】这首词写宿醉酒醒后的感受，表达了词人的惜花之情，也流露出一丝苦闷。①骤：迅疾，形容风大。②浓睡：酣睡，沉睡。③绿肥红瘦：绿叶茂盛，花朵凋零。

zuì huā yīn

醉花阴

lǐ qīngzhào

李清照

bó wù nóng yún chóu yǒng zhòu ruì nǎo xiāo jīn

薄雾浓云愁永昼①，瑞脑销金

shòu jiā jié yòu chóng yáng yù zhěn shā chú bàn

兽②。佳节又重阳③，玉枕纱厨④，半

yè liáng chū tòu

夜凉初透。

dōng lí bǎ jiǔ huáng hūn hòu yǒu àn xiāng yíng

东篱把酒黄昏后⑤，有暗香盈

xiù mò dào bù xiāo hún lián juǎn xī fēng rén

袖⑥。莫道不销魂，帘卷西风，人

bǐ huáng huā shòu

比黄花瘦⑦。

【注释】 这首词写重阳节的夜晚把酒赏菊的情景，凄凉寂寥，表达了词人对丈夫的思念以及孤身一人的寂寞。 ①昼：白天。 ②瑞脑：香料名，即龙脑。 销：燃尽。 金兽：指兽形的香炉。 ③重阳：重阳节，在农历九月九日。 ④纱厨：纱做的帐子。 ⑤东篱：泛指种菊花的地方。 ⑥盈：充满。 ⑦黄花：菊花。

diǎn jiàngchún

点绛唇

lǐ qīngzhào

李清照

cù bà qiū qiān qǐ lái yōng zhěng xiān xiān shǒu

蹴罢秋千[①]，起来慵整纤纤手[②]。

lù nóng huā shòu bó hàn qīng yī tòu

露浓花瘦，薄汗轻衣透。

jiàn kè rù lái wà chǎn jīn chāi liū hé

见客入来，袜刬金钗溜[③]。和

xiū zǒu yǐ mén huí shǒu què bǎ qīng méi xiù

羞走，倚门回首，却把青梅嗅。

【注释】 这首词写一个少女见到来客后的羞赧与好奇，表现了少女的天真纯洁。①蹴：踏。这里指荡秋千。 ②慵：懒散的样子。 纤纤：形容女子的手细长柔软。③刬：削去，铲平。这里指脚上只穿着袜子，来不及穿鞋。 溜：溜走。这里指金钗落下。

wǔ líng chūn

武陵春

lǐ qīngzhào

李清照

fēng zhù chén xiāng huā yǐ jìn rì wǎn juàn shū tóu

风住尘香花已尽[①]，日晚倦梳头[②]。

wù shì rén fēi shì shì xiū yù yǔ lèi xiān liú

物是人非事事休[③]，欲语泪先流。

wén shuō shuāng xī chūn shàng hǎo yě nǐ fàn qīng

闻说双溪春尚好[④]，也拟泛轻

zhōu zhǐ kǒng shuāng xī zé měng zhōu zài bú dòng

舟[⑤]。只恐双溪舴艋舟[⑥]，载不动、

xǔ duō chóu

许多愁。

【注释】 这首词写暮春泛舟溪上的感受，表现了词人心中的愁苦，表达了对世事巨变的哀恸。 ①尘香：尘土散发出香气。这里是说，风吹花落，尘土便沾上了花香。 ②倦：疲倦。 ③物是人非：东西还是原来的东西，可是人已不是原来的人了。多用于表达事过境迁，因而怀念故人。 ④闻说：听说。 双溪：水名，在浙江。附近风景幽美。 ⑤拟：打算。 ⑥舴艋：指两头尖尖的小船。

tān pò huàn xī shā qí yī
摊破浣溪沙（其一）

lǐ qīngzhào
李清照

róu pò huáng jīn wàn diǎn qīng jiǎn chéng bì yù yè
揉破黄金万点轻①，剪成碧玉叶

céng céng fēng dù jīng shén rú yàn fǔ tài xiān míng
层层②。风度精神如彦辅③，太鲜明。

méi ruǐ chóngchóng hé sú shèn dīng xiāng qiān jié kǔ
梅蕊重重何俗甚④，丁香千结苦

cū shēng xūn tòu chóu rén qiān lǐ mèng què wú qíng
粗生⑤。熏透愁人千里梦⑥，却无情。

【注释】 这是一首咏物词。词人赞美桂花高雅，表达了对桂花的喜爱之情。①**揉破黄金万点轻**：指桂花颜色亮丽，星星点点。 ②**剪成碧玉叶层层**：叶子就好像是用碧玉制成。 ③**彦辅**：西晋名士乐广。彦辅是他的字。 ④**何俗甚**：非常俗气。 ⑤**苦粗生**：这里指丁香花聚在一起，非常不舒展。 ⑥**透**：这里指从梦中醒来。

tān pò huàn xī shā qí èr

摊破浣溪沙（其二）

lǐ qīngzhào

李清照

bìng qǐ xiāo xiāo liǎng bìn huá wò kàn cán yuè shàng

病起萧萧两鬓华[①]，卧看残月上

chuāng shā dòu kòu lián shāo jiān shú shuǐ mò fēn chá

窗纱[②]。豆蔻连梢煎熟水[③]，莫分茶[④]。

zhěn shàng shī shū xián chù hǎo mén qián fēng jǐng yǔ

枕上诗书闲处好，门前风景雨

lái jiā zhōng rì xiàng rén duō yùn jiè mù xī huā

来佳。终日向人多酝藉[⑤]，木犀花[⑥]。

【注释】 这首词写的是词人晚年大病渐愈时的生活，清静闲适，又带一丝哀愁。①萧萧:稀疏。 两鬓华:两鬓斑白。 ②上窗纱:这里指月亮缓缓升起,夜晚来临。③豆蔻：一种植物，可入药。 熟水：开水。也指用植物或其果实作原料煎泡而成的饮料。 ④分茶：煎茶之法。注汤后用箸搅茶乳，使汤水波纹幻变成种种形状。 ⑤酝藉：蕴藉，宽和有涵容。 ⑥木犀花：桂花。

guì diàn qiū
桂殿秋

xiàng zǐ yīn
向子諲

qiū sè lǐ　yuè míng zhōng　hóng jīng cuì jié xià
秋色里，月明中。红旌翠节下

péng gōng　pán táo yǐ jié yáo chí lù　guì zǐ chū
蓬宫[①]。蟠桃已结瑶池露[②]，桂子初

kāi yù diàn fēng
开玉殿风[③]。

【注释】 向子諲（1085—1152），字伯恭，自号芗林居士，南宋词人。这首词写的是秋日月夜的静谧之景。 ①**旌**：古代用羽毛装饰的旗子。又指普通的旗子。**翠节**：绿色的枝茎。 ②**蟠桃**：神话中的仙桃。 **瑶池**：神话传说中西王母的住所，在昆仑山上。 ③**玉殿**：指传说中天界神仙的宫殿。

huàn xī shā

浣溪沙

chén yǔ yì
陈与义

sòng liǎo qī yā fù mù zhōng lán gān shēng yǐng qū
送了栖鸦复暮钟。栏干生影曲

píng dōng wò kàn gū hè jià tiān fēng
屏东。卧看孤鹤驾天风[①]。

qǐ wǔ yì zūn míng yuè xià qiū kōng rú shuǐ
起舞一尊明月下[②]，秋空如水

jiǔ rú kōng zhé xiān yǐ qù yǔ shuí tóng
酒如空。谪仙已去与谁同[③]。

【注释】 陈与义（1090—1139），字去非，号简斋，南宋前期的杰出诗人。这首词写秋日夜晚的静谧之景，表现了词人心中的寂寞。 ①**驾**：凌驾，乘着。这里指鹤乘风飞起。 ②**一尊明月**：指对着明月喝酒。 ③**谪仙**：被贬谪的仙人。这里代指词人的朋友。

yì qín é

忆秦娥

chén yǔ yì

陈与义

yú lóng wǔ xiāng jūn yù xià xiāo xiāng pǔ
鱼龙舞[①]。湘君欲下潇湘浦[②]。

xiāo xiāng pǔ xīng wáng lí hé luàn bō píng chǔ
潇湘浦。兴亡离合[③]，乱波平楚。

dú wú zūn jiǔ chóu duān wǔ yí zhōu lái tīng míng
独无尊酒酬端午。移舟来听明

shān yǔ míng shān yǔ bái tóu gū kè dòng tíng
山雨。明山雨。白头孤客[④]，洞庭

huái gǔ
怀古[⑤]。

【注释】 这是一首怀古词，写端午节时纪念屈原的情形和雨中略显萧瑟的情景，表达了词人心中对于国家前途的忧虑以及抱负难以施展的苦闷。 ①**鱼龙**：水中的鱼儿和水面上的龙舟。 ②**湘君**：湘水男神。 **浦**：水边。 ③**离合**：分离和聚合。形容人事变迁。 ④**白头孤客**：词人自称。 ⑤**怀古**：追念古代的事情。

rú mèng lìng

如梦令

zhāng yuán gàn

张 元 榦

wò kàn xī hú yān zhǔ lǜ gài hóng zhuāng wú

卧看西湖烟渚[①]。绿盖红妆无

shù lián juǎn qū lán fēng fú miàn hé xiāng chuī yǔ

数[②]。帘卷曲栏风[③]，拂面荷香吹雨。

guī qù guī qù xiào sǔn huā biān ōu lù

归去。归去。笑损花边鸥鹭[④]。

【注释】 张元榦（1091—约1161），字仲宗，号芦川居士、真隐山人，晚年自称芦川老隐，南宋词人。 这首词写西湖雨后的景色，宁静祥和，表现了词人对自然美景的喜爱。 ①**烟渚**：雾气笼罩的小沙洲。 ②**绿盖红妆**：指荷叶与荷花。 ③**曲栏**：曲折的栏杆。 ④**损**：这里可以理解为“惊动”，词人的笑声惊动了在荷花边小憩的水鸟。

qiū bō mèi

秋波媚

lù yóu

陆 游

qiū dào biān chéng jiǎo shēng āi fēng huǒ zhào gāo

秋到边城角声哀[①]。烽火照高

tái bēi gē jī zhù píng gāo lèi jiǔ cǐ xìng

台[②]。悲歌击筑[③]，凭高酹酒[④]，此兴

yōu zāi

悠哉。

duō qíng shuí sì nán shān yuè tè dì mù yún

多情谁似南山月，特地暮云

kāi bà qiáo yān liǔ qǔ jiāng chí guǎn yīng dài

开。灞桥烟柳，曲江池馆[⑤]，应待

rén lái

人来。

【注释】陆游（1125—1210），字务观，号放翁，南宋文学家。这首词写秋日边城的萧瑟之景，表达了词人对于中原故土的怀念，表现了收复失地的雄心壮志。①角声：画角之声。古代军中吹角以为昏明之节。②烽火：古时边防报警点的烟火。③筑：古代弦乐器，形似琴，有十三弦。④酹酒：以酒浇地，表示祭奠。古代宴会往往行此仪式。⑤曲江池：在今陕西省西安市东南。这里代指故土。

sù zhōngqíng

诉衷情

lù yóu

陆 游

dāng nián wàn lǐ mì fēng hóu pǐ mǎ shù liáng zhōu

当年万里觅封侯[①]，匹马戍梁州[②]。

guān hé mèng duàn hé chù chén àn jiù diāo qiú

关河梦断何处[③]？尘暗旧貂裘[④]。

hú wèi miè bìn xiān qiū lèi kōng liú

胡未灭[⑤]，鬓先秋[⑥]，泪空流。

cǐ shēng shuí liào xīn zài tiān shān shēn lǎo cāng zhōu

此生谁料，心在天山[⑦]，身老沧洲[⑧]。

【注释】这首词通过今昔对比，表达了词人英雄迟暮、壮志难酬的悲愤之情，苍凉悲壮。①觅封侯：寻找建功立业的机会。指报效国家。②匹马：一匹马，后常指单身一人。这里是夸张的说法，表现词人的英勇。戍：守。③关河：函谷等关与黄河。泛指战争中重要的关塞河流。④尘暗旧貂裘：比喻不受重视，不能施展抱负。⑤胡：北方的少数民族，这里指金人。⑥秋：秋霜，比喻头发花白，人已老去。⑦天山：这里代指前线。⑧沧洲：靠近水的地方，常喻指隐士的居处。

南柯子

nán kē zǐ

zhào shī xiá
赵师侠

mù luò qiān shān shòu　fēng wēi yì shuǐ chéng
木落千山瘦[①]，风微一水澄[②]。

qīng shuāng nuǎn rì kuài guī chéng　huàn dù shā tóu　kuǎn kuǎn huà lí qíng
清霜暖日快归程[③]。唤渡沙头、款款话离情[④]。

bàng àn yú zhōu jí　héng kōng yàn zì qīng
傍岸渔舟集[⑤]，横空雁字轻。

píng lán níng wàng yǎn zēng míng　yí piàn xiāo xiāng　zhēn gè huà nán chéng
凭阑凝望眼增明。一片潇湘、真个画难成[⑥]。

【注释】 赵师侠（生卒年不详），字介之，号坦庵。 这是一首送别词，描写了送别友人的场景以及秀美的自然风光，表现了词人的依依不舍之情以及对眼前美景的喜爱。 ①木落：叶落。 瘦：形容山上草木凋零。 ②澄：清澈。 ③清霜：寒霜，白霜。 ④沙头：沙洲边。 款款：真诚，诚恳。 ⑤渔舟：渔船。 集：聚集。 ⑥真个：的确，实在。

西江月

张孝祥

问讯湖边春色[①]，重来又是三年。东风吹我过湖船，杨柳丝丝拂面[②]。世路如今已惯[③]，此心到处悠然[④]。寒光亭下水如天[⑤]，飞起沙鸥一片[⑥]。

【注释】 张孝祥（1132—1170），字安国，别号于湖居士，南宋著名词人、书法家。这首词写旧地重游时的所见所感，景色清新淡雅，表现出词人内心的悠然自得。①问讯：问候。 ②拂：吹拂。 ③世路：世俗生活。 ③惯：习惯。 ④悠然：闲适。 ⑤寒光亭：亭名。在江苏省溧阳县西三塔寺内。 ⑥沙鸥：栖息于沙滩、沙洲上的鸥鸟。

pú sà mán

菩萨蛮

zhāng xiào xiáng

张孝祥

róng róng huā yuè tiān rú shuǐ lán gān xiǎo yǐ dōng

溶溶花月天如水[1]，阑干小倚东

fēng lǐ yè jiǔ jì wú rén lù nóng huā qì qīng

风里。夜久寂无人，露浓花气清。

yōu rán xīn dú xǐ cǐ yì zhī hé yì bú

悠然心独喜，此意知何意。不

sì yǐn qiáng dōng zhú huā wéi zuò hóng

似隐墙东[2]，烛花围坐红[3]。

【注释】 这首词写静谧的月夜之景，表现了词人内心的平和安定。 ①**溶溶**：河水流动的样子。比喻月光缓缓流淌。 ②**墙东**：隐居之地。 ③**烛花**：蜡烛的光焰。

huàn xī shā
浣溪沙

zhū shū zhēn
朱淑真

chūn xiàng yāo táo tǔ jiàng yīng chūn yī chū shì
春巷夭桃吐绛英[①]，春衣初试

bó luó qīng fēng hé yān nuǎn yàn cháo chéng
薄罗轻。风和烟暖燕巢成。

xiǎo yuàn xiāng lián xián bù juǎn qǔ fáng zhū hù
小院湘帘闲不卷[②]，曲房朱户

mēn cháng jiōng nǎo rén guāng jǐng yòu qīng míng
闷长扃[③]。恼人光景又清明[④]。

【注释】朱淑真（约1135—约1180年），号幽栖居士，南宋女词人。这首词写清明时草长莺飞的景色，表现了词人心中淡淡的春愁。①绛英：红花。②湘帘：用湘妃竹做的帘子。③曲房：内室。扃：从外面关门的闩、钩等。④光景：时光景物。

yǎn ér mèi
眼儿媚

zhū shū zhēn
朱淑真

chí chí chūn rì nòng qīng róu huā jìng àn xiāng
迟迟春日弄轻柔①，花径暗香

liú qīng míng guò liǎo bù kān huí shǒu yún suǒ
流②。清明过了，不堪回首，云锁

zhū lóu
朱楼③。

wǔ chuāng shuì qǐ yīng shēng qiǎo hé chù huàn chūn
午窗睡起莺声巧④，何处唤春

chóu lǜ yáng yǐng lǐ hǎi táng tíng pàn hóng xìng
愁⑤。绿杨影里，海棠亭畔，红杏

shāo tóu
梢头⑥。

【注释】 这首词写春日风和日丽的美景，表现了词人的惜春之意，又带有一丝淡淡的哀愁。 ①迟迟：阳光温暖，光线充足的样子。 轻柔：轻而柔和。形容风和日丽。 ②花径：花间小路。 流：流淌，这里指香气弥漫。 ③锁：这里指笼罩。 朱楼：富丽华美的阁楼。 ④巧：婉转动听。 ⑤唤：唤起。 ⑥梢头：树枝的顶端。

qīng píng yuè 清平乐（qí yī 其一）

xīn qì jí
辛弃疾

máo yán dī xiǎo xī shàng qīng qīng cǎo zuì
茅檐低小[1]，溪上青青草。醉
lǐ wú yīn xiāng mèi hǎo bái fà shuí jiā wēng ǎo
里吴音相媚好[2]，白发谁家翁媪[3]。
dà ér chú dòu xī dōng zhōng ér zhèng zhī jī lóng
大儿锄豆溪东，中儿正织鸡笼[4]，
zuì xǐ xiǎo ér wú lài xī tóu wò bō lián péng
最喜小儿亡赖[5]，溪头卧剥莲蓬。

【注释】 辛弃疾（1140—1207），字幼安，号稼轩，南宋将领、文学家，豪放派词人。这首词写村居生活，闲适安然。 ①茅檐：茅屋的屋檐。 ②吴音：吴地方言。媚好：爱悦。这里指方言语调婉转，十分悦耳。 ③翁媪：老翁与老妇的并称。④中儿：二儿子。 织：编制。 ⑤亡赖：即无赖，可爱，可喜。

qīng píng yuè qí èr
清平乐（其二）

xīn qì jí
辛弃疾

lián yún sōng zhú wàn shì cóng jīn zú zhǔ
连云松竹，万事从今足[①]。拄

zhàng dōng jiā fēn shè ròu bái jiǔ chuáng tóu chū shú
杖东家分社肉[②]，白酒床头初熟[③]。

xī fēng lí zǎo shān yuán ér tóng tōu bǎ cháng gān
西风梨枣山园，儿童偷把长竿[④]。

mò qiǎn páng rén jīng qù lǎo fū jìng chù xián kàn
莫遣旁人惊去[⑤]，老夫静处闲看[⑥]。

【注释】 这首词写村居生活，和谐安逸，表现了词人的闲适与满足。 ①足：满足，足够。 ②社肉：社日祭神之牲肉。 ③床：糟床，酿酒的器具。 初熟：指酒刚刚酿好。 ④把：拿着。这里是说儿童悄悄拿着长竿，将树上的梨和枣打落。 ⑤莫：不要。 ⑥老夫：词人自称。

qīng píng yuè qí sān

清平乐（其三）

xīn qì jí

辛弃疾

rào chuáng jī shǔ biān fú fān dēng wǔ wū

绕床饥鼠，蝙蝠翻灯舞[①]。屋

shàng sōng fēng chuī jí yǔ pò zhǐ chuāng jiān zì yǔ

上松风吹急雨，破纸窗间自语[②]。

píng shēng sài běi jiāng nán guī lái huá fà cāng yán

平生塞北江南[③]，归来华发苍颜[④]。

bù bèi qiū xiāo mèng jué yǎn qián wàn lǐ jiāng shān

布被秋宵梦觉[⑤]，眼前万里江山。

【注释】 这首词描绘了一片萧瑟破败之景，表达了词人即便到了暮年依然志在千里，期望能够报效国家的豪情壮志。 ①翻灯：在灯边上下翻飞。 ②自语：这里指糊窗户的纸被风吹破，发出声音。 ③塞北：塞外，长城以北。 ④苍颜：苍老的容颜。 ⑤梦觉：从梦中醒来。

xī jiāng yuè qí yī 西江月（其一）

xīn qì jí
辛弃疾

míng yuè bié zhī jīng què qīng fēng bàn yè míng chán
明月别枝惊鹊[①]，清风半夜鸣蝉。
dào huā xiāng lǐ shuō fēng nián tīng qǔ wā shēng yí piàn
稻花香里说丰年，听取蛙声一片[②]。
qī bā gè xīng tiān wài liǎng sān diǎn yǔ shān
七八个星天外，两三点雨山
qián jiù shí máo diàn shè lín biān lù zhuǎn xī qiáo
前。旧时茅店社林边[③]，路转溪桥
hū xiàn
忽见[④]。

【注释】 这首词写的是夏夜的田园风光，安逸闲适。 ①别枝：斜枝，另一枝。②听取：听到。 ③旧时：过去，以前。 茅店：用茅草盖成的旅舍。 社林：土地庙旁的树林。 ④见：即“现”，出现。

xī jiāng yuè　qí èr
西江月（其二）

xīn qì jí
辛弃疾

zuì lǐ qiě tān huān xiào　yào chóu nǎ dé gōng fū　jìn lái shǐ jué gǔ rén shū　xìn zhe quán wú shì chù

醉里且贪欢笑[①]，要愁那得工夫[②]。近来始觉古人书，信著全无是处。

zuó yè sōng biān zuì dǎo　wèn sōng wǒ zuì hé rú　zhǐ yí sōng dòng yào lái fú　yǐ shǒu tuī sōng yuē qù

昨夜松边醉倒，问松我醉何如[③]？只疑松动要来扶，以手推松曰去[④]！

【注释】 这首词写闲居时读书饮酒的生活，含蓄地表达了词人对于统治者的不满以及怀才不遇的伤感。 ①**贪**：贪恋。这里指尽情。 ②**那**：即"哪"，哪里，怎么。**工夫**：空闲时间。 ③**何如**：如何，怎么样。 ④**曰**：说。

nán xiāng zǐ

南乡子

xīn qì jí

辛弃疾

hé chù wàng shén zhōu mǎn yǎn fēng guāng běi gù

何处望神州①，满眼风光北固

lóu qiān gǔ xīng wáng duō shǎo shì yōu yōu bú

楼②。千古兴亡多少事③，悠悠。不

jìn cháng jiāng gǔn gǔn liú

尽长江滚滚流。

nián shào wàn dōu móu zuò duàn dōng nán zhàn wèi

年少万兜鍪④，坐断东南战未

xiū tiān xià yīng xióng shuí dí shǒu cáo liú shēng

休⑤。天下英雄谁敌手⑥？曹刘⑦。生

zǐ dāng rú sūn zhòng móu

子当如孙仲谋⑧。

【注释】 这首词写词人登高望远，怀古伤今，表达了对英雄人物的向往，以及对当朝统治者偏安一隅的不满。 ①望：眺望。 神州：中原地区。此时的中原在金人手中。 ②风光：风景。 北固楼：楼名。在今江苏省镇江市北固山上。 ③兴亡：朝代更迭。 ④兜鍪：古代作战时戴的盔。这里代指士兵。结合后文来看，这句话是说孙权年纪轻轻就继承江东基业，率领千军万马。 ⑤坐断：占据。 东南:三国时的东吴地处东南。 休:停止。这句话是说魏蜀吴三足鼎立，战争不断。 ⑥敌手：旗鼓相当，足以匹敌的对手。 ⑦曹刘：三国时的曹操和刘备。 ⑧孙仲谋：即孙权，仲谋是孙权的字。

ruǎn láng guī

阮郎归

xīn qì jí

辛弃疾

shān qián dēng huǒ yù huáng hūn shān tóu lái qù
山前灯火欲黄昏[①]，山头来去

yún zhè gū shēng lǐ shù jiā cūn xiāo xiāng féng gù rén
云。鹧鸪声里数家村[②]，潇湘逢故人。

huī yǔ shàn zhěng guān jīn shào nián ān mǎ chén
挥羽扇，整纶巾[③]，少年鞍马尘[④]。

rú jīn qiáo cuì fù zhāo hún rú guān duō wù shēn
如今憔悴赋招魂[⑤]，儒冠多误身[⑥]。

【注释】 这首词写的是黄昏时与友人在山村重逢的景象，表达了词人壮志难酬的痛苦。 ①**欲**：将要。 ②**鹧鸪声里**：鹧鸪的叫声类似“行不得也哥哥”，令人感到惆怅。 **数家村**：由几户人家构成的村。形容村子规模很小，人数不多。③**纶巾**：冠名。古代用青色丝带做的头巾。一说配有青色丝带的头巾。这两句是说当年意气风发。 ④**鞍马**：鞍子和马，借指骑马或战斗的生活。 ⑤**憔悴**：脸色不好，这里指衰老。 **招魂**：《楚辞》名篇，作者是宋玉。 ⑥**儒冠**：古代儒生戴的帽子。 **误身**：耽误自身。这是词人无可奈何的感叹。

pú sà mán

菩萨蛮

xīn qì jí

辛弃疾

yù gū tái xià qīng jiāng shuǐ zhōng jiān duō shǎo

郁孤台下清江水[1]，中间多少

xíng rén lèi xī běi wàng cháng ān kě lián wú shù shān

行人泪。西北望长安，可怜无数山[2]。

qīng shān zhē bú zhù bì jìng dōng liú qù jiāng

青山遮不住，毕竟东流去。江

wǎn zhèng chóu yú shān shēn wén zhè gū

晚正愁余[3]，山深闻鹧鸪。

【注释】 这首词写登高远望的所见所感，表达了对国土沦丧的痛心以及自己的一筹莫展。 ①**郁孤台**：古台名。在江西赣州市西南贺兰山顶。 **江**：这里指赣江。 ②**可怜**：可惜。这句话是说视线被重峦叠嶂遮蔽，不能望见长安。 ③**愁余**：使我发愁。

chǒu nú ér
丑奴儿

xīn qì jí
辛弃疾

shào nián bù shí chóu zī wèi　ài shàng céng lóu
少年不识愁滋味[1]，爱上层楼[2]，
ài shàng céng lóu　wèi fù xīn cí qiǎng shuō chóu
爱上层楼，为赋新词强说愁[3]。
ér jīn shí jìn chóu zī wèi　yù shuō hái xiū
而今识尽愁滋味，欲说还休[4]，
yù shuō hái xiū　què dào tiān liáng hǎo gè qiū
欲说还休，却道天凉好个秋。

【注释】 这首词通过今昔对比，表达了词人内心的苦闷。 ①识：知道，明白。②层楼：高楼。 ③赋：写。 强：勉强。 ④欲说还休：想说又没有说出来。形容情意复杂而又难以表达。

huàn xī shā

浣溪沙

xīn qì jí

辛弃疾

yàn xìng yāo táo liǎng háng pái mò xié gē wǔ qù

艳杏夭桃两行排[1]。莫携歌舞去

xiāng cuī cì dì wèi kān gōng zuì yǎn qù nián zāi

相催。次第未堪供醉眼[2]，去年栽。

chūn yì cái cóng méi lǐ guò rén qíng dōu xiàng liǔ

春意才从梅里过[3]，人情都向柳

biān lái zhǐ chǐ dōng jiā hái yòu yǒu hǎi táng kāi

边来。咫尺东家还又有[4]，海棠开。

【注释】 这首词写早春时节山村的美景，表现了山居生活的闲适。 ①夭：草木茂盛美丽。 ②次第：情景，场合。 未堪：不堪，经受不起。 ③春意才从梅里过：这句话是说春天刚刚到来，即指早春。 ④咫尺：形容距离很近。

tiān zì huàn xī shā

添字浣溪沙

xīn qì jí

辛弃疾

rì rì xián kàn yàn zǐ fēi jiù cháo xīn lěi huà

日日闲看燕子飞[1]。旧巢新垒画

lián dī yù lì jīn zhāo tuī wù jǐ zhù xián ní

帘低[2]。玉历今朝推戊己[3]，住衔泥[4]。

xiān zì chūn guāng liú bú zhù nǎ kān gèng zhuó zǐ

先自春光留不住，那堪更著子

guī tí yí zhèn wǎn xiāng chuī bú duàn luò huā xī

规啼[5]。一阵晚香吹不断，落花溪。

【注释】 这首词写春日之景，表现生活的闲适，又带有一丝淡淡的惆怅。 ①日日：每日，每天。 ②垒：筑。 ③玉历：历书。这句话是说按照历书，今日是戊己日。 ④衔：叼着。 ⑤那堪：即“哪堪”，怎么忍受。或可理解为“何况”。子规：杜鹃鸟的别名。

qīng yù àn

青玉案

xīn qì jí

辛弃疾

dōng fēng yè fàng huā qiān shù gèng chuī luò

东风夜放花千树[1]，更吹落、

xīng rú yǔ bǎo mǎ diāo chē xiāng mǎn lù fèng xiāo

星如雨[2]。宝马雕车香满路[3]。凤箫

shēng dòng yù hú guāng zhuǎn yí yè yú lóng wǔ

声动[4]，玉壶光转[5]，一夜鱼龙舞[6]。

é ér xuě liǔ huáng jīn lǚ xiào yǔ yíng yíng

蛾儿雪柳黄金缕[7]，笑语盈盈

àn xiāng qù zhòng lǐ xún tā qiān bǎi dù mò rán

暗香去。众里寻他千百度[9]。蓦然

huí shǒu nà rén què zài dēng huǒ lán shān chù

回首，那人却在，灯火阑珊处[10]。

【注释】这首词写元宵节的热闹场面以及对一位孤高女子的寻觅，表现了词人不愿与世俗同流合污的高尚品格。①花千树：千树开花，形容数目繁多。这里用来比喻花灯众多。②星：焰火。③宝马雕车：华丽的车子，珍贵的宝马。指考究的车骑。④凤箫：排箫。⑤玉壶：比喻明月。⑥鱼龙舞：舞动鱼形和龙形的彩灯。⑦蛾儿、雪柳、黄金缕：都是女子头上的饰物。⑧盈盈：体态美好。⑨度：回，次。⑩灯火阑珊：灯火稀疏，人烟稀少。

南歌子
nán gē zǐ

陈亮
chén liàng

chí cǎo chōu xīn bì shān táo tuì xiǎo hóng
池草抽新碧[①]，山桃褪小红。
xún chūn xián guò xiǎo yuán dōng chūn zài luàn huā shēn chù
寻春闲过小园东。春在乱花深处、
niǎo shēngzhōng
鸟声中。

yóu dèng guī qiāo yuè chūn shān zuì wǔ fēng
游镫归敲月[②]，春衫醉舞风。
shuí jiā sān nòng xué yuán róng chuī qǐ xián chóu róng
谁家三弄学元戎[③]。吹起闲愁、容
yì shàng méi fēng
易上眉峰[④]。

【注释】陈亮（1143—1194），字同甫，号龙川，南宋思想家、文学家。这首词写春日的美景和田园生活的闲适，又表现了词人的一点春愁。①新碧：新的绿色。这里指新鲜的绿草。②镫：挂在马鞍两旁的铁制脚踏。这里指骑马踏青。敲月：这里指归来已经是晚上。③三弄学元戎：指学魏晋时桓伊吹笛。④眉峰：眉毛。这里指听到笛声，引起闲愁，故而皱眉。

yǎn ér mèi

眼儿媚

chén liàng

陈 亮

shì dēng tiān qì yòu chūn lái nán shuō shì qíng

试灯天气又春来[①]。难说是情

huái jì liáo liáo sì yáng zhōu hé xùn bú wèi

怀。寂寥聊似[②]，扬州何逊[③]，不为

jiāng méi

江梅。

fú tóu jiǔ xǐng lú xiāng xiè xīn xù wèi quán huī

扶头酒醒炉香灺，心绪未全灰[④]。

chóu rén zuì shì huáng hūn qián hòu yān yǔ lóu tái

愁人最是，黄昏前后，烟雨楼台[⑤]。

【注释】 这是一首伤春词，写春日烟雨之景，表现了词人内心的寂寥和哀愁。

①**试灯**：未到元宵节而张灯预赏。 ②**聊**：姑且。 ③**何逊**：南朝梁诗人。有《咏早梅》一诗。 ④**心绪**：心事，心情。 **灰**：志气消沉。 ⑤**烟雨楼台**：被烟雨笼罩着的亭台楼阁。

yì wáng sūn

忆王孙

jiāng kuí

姜 夔

lěng hóng yè yè xià táng qiū cháng yǔ xíng yún

冷红叶叶下塘秋[①]，长与行云

gòng yì zhōu líng luò jiāng nán bú zì yóu liǎng chóu

共一舟[②]。零落江南不自由[③]。两绸

móu liào dé yín luán yè yè chóu

缪[④]，料得吟鸾夜夜愁[⑤]。

【注释】 姜夔（1154—1221），字尧章，号白石道人，南宋文学家、音乐家。这首词写登楼远望的所见所感，表达了词人独自漂泊在外的孤寂。 ①冷红：指轻寒时节的花。这里指枫叶。 ②长：常常，总是。 行云：飘动的云。 ③零落：流落。 ④绸缪：缠绵，情深意长。 ⑤料得：料想，想来。 吟鸾：比喻词人的妻子。

zuì tài píng
醉太平

dài fù gǔ
戴复古

cháng tíng duǎn tíng chūn fēng jiǔ xǐng wú duān rě
长亭短亭。春风酒醒。无端惹

qǐ lí qíng yǒu huáng lí shù shēng
起离情[①]。有黄鹂数声。

fú róng xiù yīn jiāng shān huà píng mèng zhōng
芙蓉绣茵[②]。江山画屏[③]。梦中

zuó yè fēn míng huǐ xiān xíng yì chéng
昨夜分明。悔先行一程[④]。

【注释】 戴复古（1167—约1248），字式之，自号石屏、石屏樵隐，南宋著名江湖诗派诗人。 这首词表达了词人心中因离别而产生的淡淡哀愁。 ①离情：离愁别绪，离别的情怀。 ②茵：铺垫的东西，垫子。这句话是说，垫子上绣着荷花。 ③屏：屏风。这句话是说，屏风上绘着山水图。 ④一程：一段路。

长相思（其一）

chángxiāng sī qí yī

liú kè zhuāng
刘克庄

hán xiāng cuī nuǎn xiāng cuī cuī liǎo kāi shí
寒相催[①]，暖相催，催了开时

cuī xiè shí dīng níng huā fàng chí
催谢时。丁宁花放迟[②]。

jiǎo shēng chuī dí shēng chuī chuī liǎo nán zhī chuī
角声吹，笛声吹，吹了南枝吹

běi zhī míng zhāo chéng xuě fēi
北枝。明朝成雪飞[③]。

【注释】 刘克庄(1187—1269),字潜夫,号后村,南宋豪放派词人、江湖诗派诗人。这是一首咏梅词，写梅花的开落，表现出词人见梅花开放时的欣喜，以及梅花落败时的惋惜,表达了惜梅之意。 ①**催**:催促。指气候变寒,梅花开放。 ②**丁宁**:即“叮咛”，嘱咐。 ③**成雪飞**：比喻梅花像雪一样落下。

cháng xiāng sī qí èr

长相思（其二）

liú kè zhuāng

刘克庄

zhāo yǒu shí mù yǒu shí cháo shuǐ yóu zhī rì

朝有时，暮有时。潮水犹知日

liǎng huí rén shēng cháng bié lí

两回[①]，人生长别离。

lái yǒu shí qù yǒu shí yàn zǐ yóu zhī shè

来有时，去有时。燕子犹知社

hòu guī jūn xíng wú dìng qī

后归[②]，君行无定期。

【注释】 这是一首怀远词，表达了离别的伤感以及对远方之人的思念。 ①两回：这里指涨潮和退潮。 ②社：社日，祭祀灶神的日子，这里指立春后。

yì jiāng nán

忆江南

wú wényīng

吴文英

sān yuè mù huā luò gèng qíng nóng rén qù qiū

三月暮，花落更情浓。人去秋

qiān xián guà yuè mǎ tíng yáng liǔ juàn sī fēng dī

千闲挂月[①]，马停杨柳倦嘶风[②]。堤

pàn huà chuán kōng

畔画船空。

yān yān zuì cháng rì xiǎo lián lóng sù yàn

恹恹醉[③]，长日小帘栊。宿燕

yè guī yín zhú wài tí yīng shēng zài lǜ yīn zhōng wú

夜归银烛外，啼莺声在绿阴中。无

chù mì cán hóng

处觅残红[④]。

【注释】 吴文英（约1200—约1260），字君特，号梦窗，南宋词人。 这首词写暮春时节的冷清之景，表达了词人的惜春之意。 ①**挂月**：这里是夸张的写法，形容秋千就像挂在月亮上。 ②**倦**：疲倦。 **嘶风**：迎风嘶叫。 ③**恹恹**：形容精神萎靡。 ④**残红**：残花。

yàn guī liáng
燕归梁

wú wényīng
吴文英

bái yù sāo tóu zhuì jì sōng qiè lěng cuì qún
白玉搔头坠髻松[①]。怯冷翠裙
chóng dāng shí lí pèi jiě dīng dōng dàn yún dī
重[②]。当时离佩解丁东[③]。淡云低、
mù jiāng kōng
暮江空。

qīng sī jié dài yuān yāng zhǎn suì huá wǎn yòu
青丝结带鸳鸯盏，岁华晚、又
chóng féng lǜ chén xiāng shuǐ bì chūn fēng bù guī lái
重逢[④]。绿尘湘水避春风。步归来、
yuè gōng zhōng
月宫中。

【注释】 这是一首咏物词，描写扇面上绘制的水仙。 ①**白玉搔头**：白玉制成的簪子。 **髻**：盘在头顶或脑后的发结。这句是写水仙花像插在发髻上的白玉簪子。②**怯冷**：畏寒。这句写水仙的叶子就像畏寒女子身上绿色的裙子。 ③**离佩**：环佩，玉制的饰物。 **丁东**：即叮咚，形容声音清脆好听。 ④**岁华**：时光，年华。

菩萨蛮

pú sà mán

刘辰翁

liú chén wēng

yīn qín yù sòng chūn guī qù bái shǒu tí jiāng duàn

殷勤欲送春归去。白首题将断

cháng jù chūn qù zì yī yī yù guī wú chù guī

肠句[1]。春去自依依。欲归无处归。

tiān yá tóng shì yù wò shǒu liú chūn zhù

天涯同是寓[2]。握手留春住。

xiǎo zhù bì táo zhī táo gēn bù shǔ shuí

小住碧桃枝。桃根不属谁。

【注释】 刘辰翁（1232—1297），字会孟，号须溪，南宋末年词人。这是一首送春词，表达了词人对春日将尽的感伤，充满惜春之意。 ①白首：白头，指年岁已高。 断肠句：形容十分悲伤哀婉的诗句和词句。 ②寓：寄居的地方，这里指漂泊在外。

huàn xī shā

浣溪沙

liú chén wēng

刘辰翁

yuǎn yuǎn yóu fēng bú jì jiā shù háng xīn liǔ zì

远远游蜂不记家，数行新柳自

tí yā xún sī jiù shì jí tiān yá

啼鸦[①]，寻思旧事即天涯[②]。

shuì qǐ yǒu qíng hé huà juǎn yàn guī wú yǔ

睡起有情和画卷[③]，燕归无语

bàng rén xié wǎn fēng chuī luò xiǎo píng huā

傍人斜。晚风吹落小瓶花。

【注释】 这首词写午后至傍晚的自然之景，安宁闲适，又含蓄地表达了对故乡的思念，有一丝春愁。 ①新柳：新生的柳。 ②寻思：回忆，想。 天涯：这里指距离故乡很远。 ③卷：卷起，收起。

zhè gū tiān

鹧鸪天

zhōu mì

周　密

yàn zǐ shí shí dù cuì lián　liǔ hán yóu wèi

燕子时时度翠帘[1]。柳寒犹未

tuì xiāng mián　luò huā mén xiàng jiā jiā yǔ　xīn huǒ

褪香绵[2]。落花门巷家家雨，新火

lóu tái chù chù yān

楼台处处烟。

qíng mò mò　hèn yān yān　dōng fēng chuī dòng huà

情默默，恨恹恹。东风吹动画

qiū qiān　chāi tóng kāi jìn yīng shēng lǎo　wú nài chūn

秋千。拆桐开尽莺声老[3]，无奈春

hé zhǐ zuì mián

何只醉眠。

【注释】 周密（1232—1298），字公谨，号草窗，南宋末年词人、文学家、书画鉴赏家。 这是一首伤春词，写清明时节烟雨蒙蒙的自然之景。 ①时：常常。度：这里指飞过。 ②香绵：柳絮。 ③拆：分散，这里指桐花纷纷落下。 老：这里指声音不清脆。

图书在版编目（CIP）数据

唐宋词选 / 毛均选注 . —杭州：浙江古籍出版社，2020.10（2024.9 重印）

（中华经典诵读）

ISBN 978-7-5540-1807-1

Ⅰ . ①唐… Ⅱ . ①毛… Ⅲ . ①唐宋词—选集 Ⅳ . ① I222.84

中国版本图书馆 CIP 数据核字（2020）第 185653 号

唐宋词选

毛均　选注

出版发行　浙江古籍出版社

（杭州市环城北路 177 号　电话：0571-85068292）

责任编辑　伍姬颖

文字编辑　屈钰明

责任校对　吴颖胤

封面设计　吴思璐

责任印务　楼浩凯

照　　排　杭州立飞图文制作有限公司

印　　刷　浙江新华印刷技术有限公司

开　　本　880mm × 1230mm　1/24

印　　张　$6\frac{1}{6}$

字　　数　39 千字

版　　次　2020 年 10 月第 1 版

印　　次　2024 年 9 月第 2 次印刷

书　　号　ISBN 978-7-5540-1807-1

定　　价　20.00 元